사실은 괜찮은
내 인생

사실은 괜찮은 내 인생

발행일	2024년 4월 12일		
지은이	이상임, 김진주, 조칠순, 김신애, 윤은순, 김도영, 마서희, 우기숙, 유보미, 이선희 공저		
펴낸이	손형국		
펴낸곳	(주)북랩		
편집인	선일영	편집	김은수, 배진용, 김다빈, 김부경
디자인	이현수, 김민하, 임진형, 안유경, 신혜림	제작	박기성, 구성우, 이창영, 배상진
마케팅	김회란, 박진관		
출판등록	2004. 12. 1(제2012-000051호)		
주소	서울특별시 금천구 가산디지털 1로 168, 우림라이온스밸리 B동 B113~115호, C동 B101호		
홈페이지	www.book.co.kr		
전화번호	(02)2026-5777	팩스	(02)3159-9637

ISBN	979-11-7224-067-7 03810(종이책)	979-11-7224-068-4 05810 (전자책)

(주)북랩 성공출판의 파트너

북랩 홈페이지와 패밀리 사이트에서 다양한 출판 솔루션을 만나 보세요!

홈페이지 book.co.kr • **블로그** blog.naver.com/essaybook • **출판문의** book@book.co.kr

---

작가 연락처 문의 ▸ ask.book.co.kr

작가 연락처는 개인정보이므로 북랩에서 알려드릴 수 없습니다.

사실은 괜찮은 내 인생

이상임 김진주 조칠순 김신애 윤은순
김도영 마서희 우기숙 유보미 이선희 공저

북랩

들어가는 글

15년 전이다. 응석을 부리며 시작했던 문화관광해설사의 일은 나의 천직이 되어 지금도 하고 있다. 나는 문화재나 관광지에서 해설을 한다. 모르는 사람과의 만남을 통해 에너지를 얻기도, 주기도 한다. 관광지를 찾는 사람들 대부분 표정이 밝다. 그리고 기분이 들떠서 흥분하는 모습이다. 나도 덩달아 밝아진 표정으로 다가가 해설을 한다.

문화관광해설사로 근무하기 전에는 가정폭력 전화상담사를 했다. 책상 앞에 놓인 전화벨이 울릴 때면 긴장부터 한다. 어떤 상담일까? 내가 감당할 수 있는 일일까? 전화선을 통하여 들려오는 목소리는 대부분 우울한 이야기다. 상담 내용은 주로 남편이나 아들의 폭력이다. 일단 어떤 사연인지 들어본다. 각 기관에 전문상담소로 연결해주는 역할을 하였다. 1차 상담을 듣고 나면 가슴이 먹먹하다. 어느 때는 고객이 분노 조절이 안 되는 상담도 있다. 함께 우울해진다. 상담사는 내담자에게 자신의 감정을 배제하고 들어주고 응대해주는 역할인데, 같이 흥분되고 화가 날 때가 있다. 행복하지 않았다.

문화관광해설사는 달랐다. 역사적 사실을 알려주고, 의미와 재미를 불어넣어서 스토리텔링을 하는 것이 대부분이다. 우리 고장에는 삼국시대에서부터 조선시대까지 축조되어 보존 상태가 좋은 산성이 있다. 상당산성이라고 한다. 산성 둘레길에 갈 때면 공남문 앞에서 해설을 만나서 해설을 듣는다. 산성에 관한 역사와 축조 방법, 그리고 산성 돌에 새겨진 한자에 대한 풀이 등을 들을 수 있었다. 해설사의 해박한 지식을 바탕으로 한 재미있는 이야기는 감탄과 관심의 대상이 된다. 상담을 잠시 쉬는 사이에 때마침 친분이 있는 언니를 통해서 '문화관광해설사' 모집 공고를 알게 되었다. 즐겁게 공부하고, 아는 것을 나누어줄 수 있는 것이 보람이었다. 나의 천직 해설사는 그렇게 나와 마주했다.

'친구 따라 강남 간다'라는 말은 자신의 뚜렷한 주관 없이 남에게 끌려서 덩달아 하게 됨을 이르는 말로, 追友江南(추우강남)이라고도 한다. 나는 책을 읽고 이야기하고 마음을 나누는 일상을 좋아한다. 하지만 글을 쓰는 작가가 되어보겠다는 생각은 해본 적이 없다. 2023년 4월, 하루는 친구가 산책을 하면서 말한다. 전자책을 썼고 이은대 작가에게 글쓰기를 배우고 있다고 한다. "너도 이제 책을 써봐야지." "무슨 책이야? 너나 해!" "그래도 인생 살면서 책 한 권은 내야지. 고민해봐." 툭 던진 친구의 말에 '내가 무슨 작가?' 흘려보냈다. 다음에 만났을 때 똑같은 말을 한다. 대답 없이 헤어졌다. 만날 때마다 또 말한다. "내가 글벗 교실을 열 건데, 무조건 들어와라!" 친구의 협박과 설득에 못 이기는 척 글쓰기, 책 쓰기 동반자가 되어 등록하였다.

글쓰기 공부가 몇 개월이 흘렀다. 공저를 내겠다고 한다. '제대로 글한 편을 써본 적이 없는데, 무슨 책을 낸다고!' 나의 마음과는 상관없이 일은 진행되었다. 친구의 추진력은 '갑'이었다. 얼떨결에 글쓰기 예비 작가가 되었다. 팀이 구성되고 글감이 던져졌다. 글감이 던져지자 바싹 마른 기억의 파편들이 이리저리 부딪히기도 하고 부서지기도 한다. 나의 이야기를 썼다. 나를 찾아가고 있었다. 나다움을 만나고 있다. 그냥 흘려보냈을 이야기가 살아나고 있다. 가슴의 응어리를 토해내고 있다. 나는 혼자 중얼거린다. '그래! 유명한 작가는 아니더라도 내 이야기가 누군가에게 위로가 될 수 있으면 좋겠다' 하는 심정으로 한 자씩 적어 내려갔다.

『사실은 괜찮은 내 인생』 공저를 위해 열 명의 작가들이 모였다. 해냄 공저 1기가 구성되었다. 2023년 9월 13일이 시작일이다. 제목과 주제를 받고 고민하기 시작했다. 무엇을 어떻게 끄적거려야 할 것인지! 눈을 반짝이며 들었다. 4장으로 나눈 우리들의 이야기는 이렇게 시작되었다.

1장 「그저 그렇게 살았던 시간들」에서는 일상의 파도에 휩쓸려 이리저리 기우뚱거렸던 과거의 경험을 털어놓았다. 세월이 흘러 자존감이 바닥이었던 시절도 피와 살이 되고 추억의 한 자락이 되어 녹아 나오고 있다.

2장 「이토록 아름다운 순간도 있었다」는 조그만 것에라도 성공을 하면 심장이 뛴다는 것, 작은 새의 심장처럼 파닥이는 것이 해냄의 성공이라는 짜릿함으로 전해오는 것에 대한 이야기다. 이런 경험을 할 수 있는 것이 아름다움이 아닐까. 거대한 성공도 중요하지만 작은 이룸이 더 행복할 때가 있다. 순간의 작은 행복을 중심으로 썼다.

3장 「인생, 의미 하나」에서는 망각의 옹벽이 깨어지고 묵은 기억이 드러난다. 작은 에피소드가 때론 아픔이고 때론 기쁨이고 또한 피할 수 없는 슬픔과 분노를 머금고 있다.

4장 「평범한 하루, 눈부시게 사는 방법」은 60대 중반이 되어서야 머리에서, 마음에서 휘발되어가는 말을 글자로 잡기 시작한 이야기다. 지나온 세월 속에는 영원히 암흑 속으로 잃어버릴 뻔한 가난한 일상이 별빛처럼 새겨져 있다. 삶은 공허한 길이 아니다. 끊임없이 흔적을 남기는 여정을 털어놓게 한다. 비밀스럽게 가슴 한구석에 있던 추억이 기억이 되어 날아다닌다.

열 명의 작가가 일상의 일들을 재생하는 시간이다. 쓰는 동안 자신이 대견하기도 하고 고난의 날들이 아프기도 하다. 그러나 우리들의 삶이 말이 되고 책이 되었다. 오늘도 우리의 하루는 평범하지만 눈부시다. 각자의 삶에서, 일터에서 또 다른 이야기는 계속 이어지고 있다.

2024년 봄
이상임

차례

1장

**그저
그렇게
살았던
시간들**

4장

평범한
하루,
눈부시게
사는 방법

1장

그저 그렇게
살았던 시간들

'아람 칫골' 애란이

..

이상임

　이름은 나와 평생을 함께하는 짝꿍이다. 이상한 이름으로 놀림을 당하여 상처가 되어 자기 이름을 싫어하는 친구들도 보았다. 아기는 배 속에 있을 때는 태명으로 부르고 태어나면 좋은 이름을 짓기 위해 노력한다. 그 존재를 인정하는 의식으로, 출생신고와 동시에 주민등록번호를 부여받는다. 우리에게 속한 일원으로 인정한다는 뜻이다.

　이름은 타인에 의해 불리기도 하지만 나를 대표하여 표현한다. 나를 상징하면서, 이름을 통해 내 존재를 인식한다. 나는 '애란', '상님', '상임'이라고 부르는 이름 부자이다. 이름은 스스로 평생 부르기도 하고, 남에게 불리기도 하기 때문에 정체성 역할을 한다.

　부모님은 결혼하고 5년 만에 나를 낳았다. 내가 늦게 태어난 것은 아버지의 군 입대 때문이었다. 1950년대 후반 정치적 혼란 시기였다. 1960년 4·19혁명이 일어난 후 대통령 윤보선, 국무총리 장면이 선출되

사실은 괜찮은 내 인생

면서 제2공화국이 탄생할 때 당시 군 생활은 5년이었다. 다음 해, 박정희 소장의 주도로 5·16 군사 쿠데타가 일어나기 직전에 낳은 딸에게 아버지는 예쁜 이름을 원하였다.

작명소를 찾아가 지은 이름은 '애란(愛蘭)'이다. '사랑 애', '난초 란' 자로 말 그대로 난초같이 사랑스러운 아이였다. 1963년 박정희 대통령이 제3공화국을 시작한 시기에 부모님은 고향 충주를 등지고 처가가 있는 강원도 진부로 살림살이를 옮겨 갔다. 외가는 진부면 송정리 '아람 칫골'이라 부르는 산골이다. 농사라고는 옥수수와 감자가 전부인 감자바위골이었다. 아람 칫골은 안동 권씨들이 골짜기에 기대어 살아가고 있는 곳이다. 지금도 이모 댁과 친척들이 살고 있다. 엄마를 모시고 외가에 갈 때면 구순의 외숙모는 말한다.

"애란아! 니가 어렸을 적에는 저 골짜기 안골에 살았드레. 저 골짜기에 있는 따비밭을 일궈 살았드레."

나는 세 식구의 단출한 살림살이와 작은 집에 살았던 어린 시절을 어렴풋이 기억한다. 부모님이 밭에 나가면 나는 언제나 혼자였다. 마당에서 심심하여 돌아다니고 마루에서 왔다 갔다 하면서 놀았다. 놀다가 집이 높아서 골짜기를 내려다보면 누가 오는지 알 수 있었다. 언제인지 골짜기 밑에서 올라오는 충주 할머니를 기억하고 있다. 가끔 할머니가 다니러 오시면 "애란 어미야" 하면서 들어오신다. 나를 부를 때는 "애란아!" 하고 부르시던 때가 생생하다.

결혼하고 남매를 낳아서 길렀다. 아이들이 초등학생일 때 외가에 엄마를 모시고 갔다. 외숙모, 이모가 반겨주면서 "아이고. 애란 애미가 왔나. 애란아. 반갑데이. 어서 오드라."

남편과 아이들이 눈이 휘둥그레진다.

"응? 애란이가 누구지?"

"엄마 말고 다른 사람이 있었나?"

보통 맏이 이름을 부르는 습성이 있어서 다른 형제가 있어도 이름을 부르지 않는다. 우리는 이름으로 인해 오해 아닌 오해로 한바탕 웃었다. 나는 '애란'이를 참 좋아한다. 그리고 사랑한다.

'이애란' 예쁜 이름이 '이상님'으로 바뀐 것은 국민학교에 입학했을 때였다. 내 이름이 바뀐 영문을 몰라서 궁금했지만 당시에는 집에서 부르는 이름과 호적의 이름이 다른 경우가 종종 있었다. 호적의 내 이름을 바꾼 것은 할머니다. 할머니는 손녀의 이름이 마음에 들지 않았나 보다. 어느 순간 아들네를 다녀가셨던 할머니가 충주에 있던 호적에서 손녀의 이름을 바꾸어놓았다. '애란'이라는 이름은 기생 이름 같다며 손녀딸을 기생으로 만들 수는 없다는 것이 개명한 이유였다. 쉽게 이름을 바꿀 수 없었던 시절에 어떻게 개명을 하였는지는 모른다. 그런데 이름만 개명한 것이 아니고 남들은 한 살을 줄여서 신고하는 것이 많았는데 할머니는 내 나이를 한 살 늘려놓았다. 아람 칫골에 살고 있던 부모님은 몰랐다고 한다.

7살에 입학하니 다른 친구들보다 어리바리하고 키도 작고, 언제나 혼자였다. 입학한 진부국민학교에서 이름은 '이상님'으로 바뀌어 있었다. 익숙하지 않은 내 이름이 싫었다. 선생님이 출석을 부를 때 혼란이 왔다. 익숙하지 않다. 할머니가 개명한 것으로 이해하기에는 너무 어렸다. 이름은 바뀌었어도 나는 변하지 않고 그대로였다.

사람이 살면서 주변 상황의 변화가 인생을 바꾸기도 한다. 8살 때 아버지는 빚을 내서 '도라꾸(화물 트럭)'를 샀다. 운전기사를 두고 운송업을 시작하였다. 운송업은 강원도의 옥수수와 감자를 서울로 이송하는 일이었다. 운송업 운영은 잘 진행되어 서울로 오르내리는 아버지가 차를 몰고 동네에 와서 세워두면 어른과 아이들은 모두 구경을 하곤 하였다. 가끔 학교 등교 때나 읍내에 나갈 때 동네 아이들을 화물칸에다 싣고 등교시켜주는 날이면 나의 어깨가 으쓱하기도 했다. 어느 때는 서울에서 사 온 빨간 책가방을 친구들이 부러워하기도 하였다. 꽃을 수놓은 원피스를 입고 가족사진을 찍었다.

잘나가던 사업이었지만 운전기사가 인사사고를 냈다. 보험제도가 없던 시절에 모든 것은 아버지가 책임질 수밖에 없었다. 사업은 망하고 빚더미에 앉게 되자 충주로 야반도주를 하였다. 내가 4학년이 끝나갈 겨울방학 때였다. 숨어 지내는 처지라서 학교에도 갈 수 없었다. 2년 뒤에 친척의 도움으로 충주 단월국민학교로 전학하였다. 집에서는 '애란'이로, 학교에서는 '상님'이로 불렸다. 나는 5학년 2반이고, 3반에 성과 이름이 같은 친구가 있었다. 친구들과 선생님들은 나를 '달천 이상님', 3반 친구를 '송림 이상님'으로 불렀다. 예나 지금이나 같은 이름을 종종 볼 수 있지만 나는 성까지 같은 '송림 이상님'이 싫었다. 선생님들은 전학 온 나보다 언제나 그 애가 우선이었다. 내가 좋아하지 않아서인지 그 친구도 나에게 말을 걸지 않았고 나와 놀지도 않았다. 이름에 대한 트라우마는 오래도록 남아 있었다.

이름은 인간의 삶에서 가장 많이 불린다. 성년이 되어 나는 스스로 이름을 개명하였다. 한자 이름은 '서로 상', '맡길 임' 자로 이름과 같은 고유명사는 한글 맞춤법에 두음법칙을 적용하지 않아도 되었다. 어느 순간부터 공식적인 이름을 쓸 때는 임의대로 '이상임'으로 수정하였다.

2005년 대법원이 개인의 성명권을 존중하여 개명을 허가한 이후 개명을 하는 사람들이 줄을 잇고 있다. 우리나라에서 개명한 사람의 통계를 보면 2008년 12만 6,005명으로, 매년 11~15만여 명이 된다. 국민의 6%에 달한다는 통계도 있다.

이름에는 한 사람의 삶이 담겨 있다. 그 사람이 세상에 없더라도 이름은 가족에게는 물론이고 다른 이의 기억 속에, 또 역사 속에 남는다. 인간은 유한한 삶을 살지만, 이름은 영원하다. 그래서 이름은 신중하고 꼼꼼하게 지어야 한다고 생각한다.

사실은 괜찮은 내 인생

춤추는 별 하나를 탄생시키기 위해
가면을 벗다

..

김진주

삼십 대의 내가 인터넷 공간에서 항상 쓰던 별명은 '꿈꾸는 소녀'였다. 윤도현 밴드를 좋아했고 유독 그 노래 제목이 나의 마음 한편에 박혀서 나를 건드렸다. 그 아이디를 곱씹던 어느 날, 내 자신이 우스웠다. '언제까지 꿈만 꿀래? 꿈은 찾았고? 내 재능도 못 찾고 꿈만 꾸다 인생 마감하는 거 아냐? 그러면 진짜 억울하겠다.' 내 안의 꿈꾸는 소녀들이 나를 다그치는 것 같았다.

학창 시절, 나는 춤과 음악을 좋아하는 아이였다. 중학교 3학년이던 1990년대 중반쯤 가수 '화이트'의 'W.H.I.T.E.'라는 노래가 나왔다. 뮤지컬풍의 노래였는데 그 당시 획기적이었다. 나는 그 노래를 듣는 순간 심장이 뛰었다. 뮤지컬이라는 걸 본 적도 없는 소녀가 혼자서 무대 위에 있는 것처럼 양팔을 활짝 펴고 빙그르르 돌았다. 두 손을 모으고 노래하며 행복해했다. 무용 시간에는 안무를 짜는 게 재미있었고 선생님께 항상 칭찬받았다. 고등학교 2학년 축제 때는 내성적인 내가 어떻게 친구들과 HOT 춤을 연습하고 무대에 섰는지 지금 생각하면 신기하다.

한때는 사람들을 관찰하고 분석하는 걸 좋아해서 '심리학과에 가볼까?' 생각하다 이내 '무엇을 하는 곳인지도 모르고 그런 직업으로 무슨 돈이 되겠어'라는 마음으로 빨리 접었다. 물어볼 사람도 없었고, 알고자 하는 적극성도 없었다. 그저 공부를 잘해야만 엄마가 좋아할 걸로 생각하고 엄마의 자랑거리와 기쁨이 되고 싶었나 보다. 목표도 없이 세월은 흘렀다.

1990년대 후반, IMF가 터지면서 사회는 안정적인 직업을 선호하는 분위기로 변했다. 갑자기 교육대와 사범대의 인기가 높아졌다. 나도 시류에 편승해 그 누구와의 상담도 없이 점수에 맞추어 사범대에 지원했다. 그때 나이 22살이었다. 늦은 나이에 대학에 들어가니 동생들과의 과 활동도, 동아리 활동도 하기가 위축되었다. 공강 시간에는 과방에 가기 싫으니 도서관에 가서 시간을 보냈다. 강의가 끝나면 바로 자취방으로 갔고 우리나라에 막 시작된 인터넷 공간에서 의미 없이 놀았다. 그때 책을 읽었더라면 지금쯤 얼마나 내 인생이 바뀌었을까. 목표도 없이 흐른 내 지난 삶이 아쉽기만 하다.

22살의 나이로 사범대학에 들어가서 4년하고도 한 학기를 더 다녔다. 고등학교 친구들보다 늦은 취직으로 이어지니 조급했던 마음은 갈

수록 더 급해졌다. 일 년에 한 번뿐인 임용고사를 기다리기 싫었고, 합격에 대한 자신감도 없었다. 바로 모교 재단에 원서를 제출했고 합격했다. 첫해에는 매일 10시까지 교무실에 남아 아이들을 봐주는 열정적인 선생님이었다. 남학생들은 유일한 젊은 여선생님한테 수시로 들락거리면서 질문했고 학교 측에서도 좋아했다. 잘 가르친다고 인정도 받았고 수업이 많아 보충수업비를 제일 많이 받는 선생님이 되기도 했다. 고등학교 3학년 담임을 맡았을 때는 토요일에도 출근했다. 과목 특성상 교재 연구와 수업이 많다 보니 학생들과 상담 시간을 마련하기 어려웠다. 타인의 이야기를 듣고 함께 해결하는 것을 좋아했던 나는 상담에 대한 갈증이 있었다. 게다가 정년이 보장되는 공립학교가 아니라는 점에 불안한 마음이 자라기 시작했다.

2013년에는 근무하던 학교에 교사 자리가 하나 없어져서 내가 나와야 했다. 당시 결혼하고 2년간 주말부부를 했기에 친정엄마와 같은 동네에 살았다. 엄마는 20년 넘게 한동네에 사시며 장사를 하셔서 아는 분이 많으셨다. 놀고 있으면 엄마 친구분들이 "진주 요새 학교 안 나가나?"라는 말씀을 하시며 엄마의 자존심을 건드릴까 봐 외출할 때도 친구분들께 들키지 않으려 신경 썼다. 그리하여 도망치듯 빨리 청주로 이사를 오게 되었다. 한동안은 아무도 나를 알지 못하는 곳에 있다는 편안함과 진정한 신혼이 시작된 것 같은 설렘이 있었다. 그러나 그것도 잠시였다. 그 시절을 나는 잉여 인간 시절이라고 부른다.

그때 내가 제일 많이 한 고민은 '잘하는 걸 해야 하나, 좋아하는 걸 해야 하나'였다.

왜 나에게 "너는 꿈이 뭐니?"라고 진지하게 물어봐주는 사람이 없었던 걸까. 왜 나는 딱히 하고 싶고 흥미 있는 게 없었던 걸까. 내 꿈을 찾는 게 왜 이리도 힘든 걸까. 다들 꿈을 가지고 사나? 꿈이란 이룰 수 있는 건가. 생각과 질문은 가득한데 그 해답을 책에서 찾을 생각은 하지 못했던 30대 중반, 혼돈의 날들이 흐르고 있었다.

가르치는 영역에서 인정도 받고 있었고, 잘하는 일이었지만 어딘가 모르게 내가 해보지 못한 부분에 대한 아쉬움과 갈증이 있었다. 그건 무용이었다. 어쩌면 공부가 하기 싫어 무용이 하고 싶다고 생각했을 수도 있다. 그래서 해봐야 알게 된다. 잉여 인간이 취미로 무용을 해본다는 건, 돈을 모아야 한다는 내 생각으로는 현실에서 사치였다. 무용은 예술고등학교부터 차근차근 밟고 올라가야 한다. 30대 중반의 나에겐 전혀 방법이 없어 보였다. 내가 좋아하는 일로 돈을 버는 것은 불가능할 것 같았다. 그리고 막상 했는데 나에게 재능이 없으면 그땐 또 어쩌나 하는 두려움도 있었다. 돈도 있고 시간도 있었는데 자존감과 용기가 없었다.

아무것도 하지 않는 쓸모없는 인간 같아서 남편이 벌어 오는 돈을 쓰기 미안했다. 실업급여 수당도 모조리 다 저축했다. 돈을 벌지 않으니 모으는 것만이라도 잘해야 나 스스로 용납이 될 것 같았다. 차라

사실은 괜찮은 내 인생

리 아기라도 생기면 육아 핑계로 내가 쓸모 있을 것 같은데, 결혼한 지 3년이 지나도 아기가 생기지 않았다. 난임 시술도 연거푸 실패했다. 훗날 심리학 책을 읽고 알게 되었다. 자꾸 뭔가를 해서 쓸모 있는 인간이라는 것을 인정받고 싶어 하는 건 자존감이 낮아서라고. 인간은 소속감을 느끼고 그 안에서 인정받고 싶어 하는 욕구가 있는데 인정받기 위해 부단히 애쓰는 부류와, '난 원래 그런 것에 관심 없어'라며 아예 인간관계를 회피하는 부류가 있다고 한다. 나는 집 안에서는 나의 쓸모를 확인받고 싶어 부단히 애쓰고, 집 밖에서는 인간관계를 회피하는 사람이 되었다.

시대가 변할 줄 모르고, 정년이 보장되는 안정된 직장에 대한 나의 소신도 없으면서, 임용 공부, 한국어 교사 자격증 공부, 공무원 공부 등을 하며 종일 남편만 기다리는 새댁이 되었다. 남편을 회사에 태워주고 수험생으로서 도서관에 갔다. 어느 날 내가 공무원이 된 모습을 생각해보니 기쁘지 않았다. 사무실에 앉아서 서류 정리하고 민원 처리할 생각을 하니 답답해졌다. 과거를 거슬러 나에 대해 곰곰이 생각했다. 대학 시절 과외와 교사 시절 많은 보충수업을 하며 내가 하는 만큼 버는 게 좋았다. 처음과 끝이 있는 프로젝트를 완수하면 쾌감을 느끼고 활력이 돌았다. 기질상 독립과 자유를 갈망하는 성격이라는 걸 알게 되었다. 그렇게 의미 없는 공부를 회피하고 싶던 찰나, 남편이 '암' 진단을 받았다. 난 그 핑계로 하던 공부를 벗어던졌다.

니체는 "춤추는 별 하나를 탄생시키기 위해 사람은 자신 속에 혼돈을 지니고 있어야 한다"라고 했다. '춤추는 별'이란 초인의 삶을 말한다. '초인'은 과거나 미래로부터 자유로우며 스스로 선택하고 버릴 줄 안다. 인생에는 늘 문제가 발생하게 마련이다. 그래서 난 인생을 이렇게 정의했다.

인생은 선택의 연속이고 실패의 연속이고 그로 인한 기적의 연속이다. 혼돈 속에서 가면을 벗고 지유롭게 나를 선택했다. 실패한 일도 많지만 교훈을 얻었고, 평범한 오늘 안에서 기적을 체험하며 괜찮은 인생을 살아가고 있다.

경제적 자유가 필요해!

..

조칠순

청주에 있는 떼제베CC에서 4명이 골프를 쳤다. 가끔 만나는 지인이다. 오랜만에 시간 내서 넷이 만났다. 재미있다. 일주일에 한 번 정도는 치고 싶다. 골프장에 오면 동행하는 지인과 좋은 경치 보고 맛있는 음식까지 먹을 수 있다. 여러 가지가 행복하다. 오늘은 함께 온 사람들이 오래된 사람들이라 편하다. 그런데 걱정이 있다. 이번에 바로 날을 잡는다. 모인 김에 다음 라운딩을 약속하며 날짜를 정하는 일이다. 머릿속이 복잡해진다.

남편은 건축업자다. 그렇지만 일주일에 한 번 정도 라운딩하려면 매달 백만 원은 들어간다. 골프만 칠 수 없다. 생활비에서 백만 원 빼면 어떻게 한 달을 살 것인가? 다른 사람이 나의 마음을 알아챌까 봐 갑자기 다음 라운딩이 불편해졌다. 지인들은 나처럼 이런 걱정 하면서 운동하지는 않을 것이다. 혼자 이 생각 저 생각 하는 날이 많아졌다. 무엇을 해야 할까. 어떡해야 마음 편하게 걱정하지 않고 골프 한 번 더

칠 수 있을까. 노후에는 버는 일보다 쓰는 일이 많아진다고 한다. 남편 혼자 벌어서는 내가 하고 싶은 취미생활 다 하지 못한다. 딸 선영이도 원하는 일 하며 살도록 돕고 싶었다.

어느 날 동생 성심이가 가성비가 좋다며 화장품을 소개했다. 얼굴에 바르니 다른 화장품과 별반 다르지 않다. 생각보다 가격이 저렴했다. 내가 쓰던 화장품은 가격대가 높다. 화장품의 품질은 비슷했다. 그렇다면 가격 저렴하고 같은 성분 있는 화장품 쓰면 어떨지 생각했다. 애터미 화장품을 쓰기 시작했다. 그 후 성심이가 나에게 세미나에 가자고 권유했다. 시간이 있어서 따라갔다. 장소는 콜마 화장품 회사이다. 들어가 보니 많은 사람이 와 있었다. 분위기는 나이 든 분들이 많았다. 약간 어수선해 보였다. 자리를 잡고 앉았다. 사회자가 인사를 하고 박한길 회장님을 소개했다. 회장님의 첫인상은 말씀을 잘하시는, 약간은 사기꾼처럼 보였다. 듣는 도중 내가 왜 여기에 와 있는지, 도대체 무슨 소리를 하는 건지 알 수가 없었다.

그런데 회장님 강의 중 시스템이 소득이 된다는 말씀에 귀가 솔깃해졌다. 그때부터 관심 있게 듣기 시작했다. 처음에는 의자를 뒤로 눕히고 건성으로 들었는데 몸이 점점 앞으로 기울기 시작했다. 그리고 회장님 말씀이 들렸다. 내가 하는 일도 없었고 성심이가 권유도 하고 약간의 호기심이 생겨서 듣게 된 세미나다. 강의 듣는 도중에 내가 할 수 있을까? 하는 생각에 호기심 반 기대 반이다.

한 달 뒤였다. 성심이에게 연락이 왔다. 본인이 애터미 센터를 오픈하니 함께 센터를 운영하자고 한다. 같이하기로 했다. 센터로 출근했다. 한편으로는 성심이를 도와주고 싶은 마음이었다. 출근하려면 신탄진까지 가야 한다. 청주에서 출발하면 한 시간 걸린다. 집 앞에서 버스를 탔다. 사무실에 도착하면 두 사람뿐이다. 둘 다 초보인데 용기가 가상하다. 사무실 먼저 차렸다. 종일 한 사람도 오지 않는 날도 있었다. 어쩌다 사람이 와도 다 회원이 되는 것은 아니다. 집에서 살림만하다가 사람 만나고 제품 알리는 재미가 있었다. 처음 만난 사람은 신탄진 사는 사람들이다. 성심이를 알고 찾아온 사람들인데 함께 애터미 이야기하고 밥 먹고 친해졌다. 그 사람들이 지금 나처럼 크라운 마스터, 로열 마스터로 성공해 있다.

사람도 만나고 제품도 공부하게 되었다. 신기하다. 공부를 정말 싫어했던 내가 일주일에 한 번 세미나 참석하고 스폰서도 만났다. 네트워크를 17년 하다가 실패한 이력이 있는 사람이다. 자기 경험을 바탕으로 실패하지 않는 방법도 알려주었다. 네트워크를 공부할 수 있게 전적으로 도와준 사람이다. 기회가 왔을 때 놓치지 않는 것이 중요하다. 우연한 만남이었다. 성심이와 지금 임페리얼 마스터에 있는 이덕우 스폰서다. 두 사람 덕분에 생각하지도 못한 곳에서 비전을 얻게 되었다.

신탄진의 사무실은 보잘것없는 사무실이었다. 허가받지 않은 건물이다. 가만히 앉아 있으면 천정에서 쥐들이 달리기 시합을 한다. "다다

다다닥." 쥐들과 한참을 같이 살았다. 얼마 후 인원이 많아지니 사무실이 비좁았다. 유성의 백 평짜리 사무실로 이전했다. "와! 몇 배 큰 사무실이다." 성심이와 회원들은 기뻐하며 자축했다. 나날이 발전했다. 회원도 늘고, 나도 제품을 알리는 기술이 느니 홍보가 되어 사람들이 찾아왔다.

나도 사무실이 필요했다. 청주에서 유성까지 움직이기 쉽지 않았다. 청주에 인원이 늘다 보니 또 다른 비전이 생겼다. 사무실을 구하기 시작했다. 이곳저곳 알아보았다. 장소가 중요하다. 내 마음에 꼭 맞는 자리는 나오지 않았다. 사무실을 찾다가 우리 집 2층 투룸이 비어 있어 그곳을 모임 장소로 사용했다. 시작은 작고 미약했다. 스티브 잡스도 자기 집 창고에서 시작했다고 한다. 자신 있게 시작한 2층 건물에 사람들이 모이기 시작했다. 점점 나아지고 있었다. 집에서 살림만 하고 있던 나에게 지금의 발전은 상당한 가능성이다.

이 일을 시작할 때 사람들의 인식은 좋지 않았다. 다단계는 피해를 준다는 선입견 때문이다. 실제 사람들에게 이야기를 꺼내기 전에 거절 당했다. 혼자 눈물을 흘린 적도 많았다. 어느 날 오래된 지인 모임에서 애터미 제품 이야기 꺼냈더니 그중 한 사람이 우리 조 여사 얼굴이 좋아지면 사자고 사람들에게 말했다. 친한 사람인데 어떻게 저렇게 말할 수 있을까. 기분이 좋지 않았다. 마음속으로 생각했다. 최고의 복수는 여기서 성공하는 일이라고 생각했다. 비웃음과 거절은 중요하지 않다.

어차피 제품도 잘 모르고 그동안 다른 사람들의 잘못된 편견에서 오고 가는 말들이다.

제품 홍보 중 힘들어질 때면 그때 일을 떠올린다. 긴장이 풀어지거나 일하고 싶지 않을 때 그 기억으로 나를 부추긴다. 소위 오기라고 할 수 있다. 지금 같으면 공부도 하고 마음에 여유가 있지만, 그때는 자존감이 바닥을 치는 상황이었다. 그 이후로 성공해야겠다는 결심이 섰다. 누구라도 만나면 명함을 전해주었다. 나는 시작의 어려움과 고통을 겪었다. 애터미에서 사업을 하는 누군가에게 앞서간 길이 되고 싶었다. 이른 아침에 시작해서 밤늦게까지 사람 만나고 교육 듣고 전달하기 시작했다. 성과가 조금씩 나타나고 있었다.

집에서 남편이 벌어다 주는 돈으로 살았다. 우연히 지인들과 골프 치다가 비전을 꿈꾸었다. 언제든지 골프 하고 싶으면 돈 걱정하지 않고 칠 수 있는 삶을 살고 싶었다. 박한길 회장님 말대로 시스템이 소득이 된다면 이런 자잘한 고민은 하지 않아도 될 일 아닌가. 동생의 부탁으로 시작된 애터미 사업, 나에게는 인생 이모작이라 할 수 있다. 가까운 사람들에게 거절도 당하고 아픔도 겪었다. 그런데 회장님이 강의 중 한 말이다. 애터미에서 나에게 들어오는 수당은 꼴값(이 꼴 저 꼴 별꼴 다 보아야만 된다는 말)이다. 그런 고객들 맞추어주고 얻은 현재의 유복한 삶, 잠자는 동안에도 들어오는 시스템 소득이다. 애터미는 내가 인생을 균형 잡힌 삶으로 살아갈 수 있도록 만들어준 사업이다.

김신애요,
사랑 애(愛) 자

..

김신애

"김신애, 나와!"

또 걸렸다. 왜 나만 걸릴까? 초등학교 시절 내 이름은 기분 좋게 불린 적이 없었다. 주의를 받거나, 꾸중을 듣거나, 주번이거나. 그 외에는 없었다. 내 이름이 불릴 때마다 긴장되었다. 항상 굴욕적이었다. 또 굴욕적인 것은, 같은 반 남자아이들의 놀림감이 되는 것이었다. 그들은 내 이름을 부를 때마다 플라스틱 자를 '자!' 하고 내 얼굴 앞에 건넸다. 비속어인 '애자'를 강조하며 그렇게 나를 놀려댔다. 놀려대는 친구들 앞에서 발끈하고 소리 지르며 복도를 뛰어다녔다. 자신들의 작명 센스에 흥분한 그들은 내 반응에 두 번 즐거워했다. 나는 하루에 몇 번이고 장난이 묻은 플라스틱 자를 받았다. 태어나 내 이름으로 처음 생긴 별명이었다. 철없는 친구들의 놀림에 대처하는 방법을 몰라 나를 지키지 못했다. 애꿏은 내 이름만 미워했다.

생각이 어두웠기에 얼굴에도 어두운 그늘이 생겼다. 내 기준에 맞지 않으면 신경질을 냈다. 친구들이 건네는 가벼운 농담에도 정색했다. 내 기분에 따라 변덕이 심했다. 그런 내가 친구들과 잘 지낼 리 없었다. 1학기 때 친했던 친구들도 2학기 때는 나도 모르게 멀어져 있었다. 남 탓과 내 이름 탓만 했다. 개명이라는 걸 하면 내 인생이 달라질까? 그런 생각을 해본 적이 있다. 청소년이었던 내가 부모님의 동의 없이는 어찌할 수 없는 무력한 고민이라는 것을 알았다. 부모님께 물어볼 용기도 없었다. '쓸데없는 소리'라고 하실 부모님이 떠올랐다. 스스로 말도 안 되는 소리라며 머릿속을 정리했다. 싫어하는 이름을 교복 왼쪽 가슴에 달고 불운의 딜레마에 빠진 학창 시절을 보냈다.

어쩌다 내 이름은 김신애가 된 걸까? 내 이름의 출처를 따라가보면 어린 시절 나에게 무조건적인 사랑을 주시던 할아버지와 할머니가 있다. 내가 웃어도 울어도 한결같이 감싸주셨다. 내 이름은 하나뿐인 손녀를 위해 할아버지가 지어주신 이름이다. 할머니의 존함인 '권감애'와 내 이름인 '김신애'. 두 사람의 이름에는 똑같은 '애' 자가 들어간다. 할아버지의 애정 깊은 작명이다. 어린 나는 내 이름의 의미를 깊게 생각해보지 않았다. 불운들 앞에 이름 탓만 했던 나는 그저 그 '애' 자가 촌스럽게 느껴질 뿐이다.

고등학교 때 같은 반 친구였던 K가 있었다. 어두운 나와 정반대로 사교성이 뛰어났던 K였다. "신신애" 하고 애교스럽게 불러주던 K를 중심으로 교실 가득 가수 신신애의 '세상은 요지경'이라는 노래가 울려 퍼졌다. 내 이름으로 생긴 두 번째 별명이었다. 첫 번째 별명과는 달리 '애칭' 같았던 두 번째 별명. 왠지 싫지 않았다. 합창하는 친구들과 붉어진 얼굴로 자연스럽게 어울릴 수 있었다.

세 번째 별명은 유명했던 시트콤의 유행어 '빵꾸똥꾸 신신애'였다. 내 이름이 들어가서 자연스럽게 별명이 되었다. 바뀐 별명이 마음에 들었다. 나는 그늘이 사라지고 친구들과 점점 가까워졌다. 이름에 대한 그림자가 서서히 걷혔다. 내 이름이 이유 없이 좋아지기 시작했다. '나도 어쩌면 괜찮은 사람이 아닐까?'라는 생각이 들었다.

얼룩 가득한 학창 시절을 보내고 성인이 되었다. 학교가 아닌 사회에서 처음으로 의지하게 된 언니가 있었다. 언니는 늘 칭찬, 격려, 위로가 가득한 말들로 사람들을 대했다. 누구든 언니와 함께하길 원했고 언니를 좋아했다. 나 또한 언니를 좋아했다. 항상 예쁜 말만 쓰는 언니와 매일 붙어 다녔다. 언니와 가깝게 지내다 보니 자연스럽게 나와 언니가 비교되었다. 기분대로 쏘아대는 말로 상대방에게 상처를 주는 나를 처음으로 마주했다.

나의 나쁜 언어 습관은 쉽게 고쳐지지 않았다. 하지만 언니를 본받아 내 주변 소중한 사람들에게 상처를 주지 않도록 노력했다. 서서히 주변 사람들에게 '착하다'라는 말을 듣게 되었다. '김신애'라는 이름에 따라다녔던 어두운 꼬리표가 떨어졌다. 나는 남들보다 느렸다. 출발선이 남들과 다를 뿐이다. 조금 늦게 생각했고 조금 늦게 배웠을 뿐이었다.

불운은 꼬리에 꼬리를 물고 악순환이 된다. 어릴 적 이름으로 시작된 작은 불운은 오랫동안 나를 괴롭혔다. 그리고 나의 학창 시절을 통째로 삼켰다. 고된 현실 속에서 과거를 회상하며 '학창 시절로 돌아가고 싶다'라고 말하는 사람들과 나는 생각이 달랐다. 나는 스스로 만들어낸 불운 속의 나 자신을 마주하기 힘들어했다.

어린 시절부터 함께한 수치심을 있는 그대로 받아들여야 한다. 수치심은 외면할수록 더 커져버린다. 어둠이 무섭다고 두 눈을 감아버리면 넘어질 수밖에 없다. 용기를 내서 눈을 뜨고 어둠에 맞서야 작은 빛이라도 찾을 수 있다. 어느 누가 위로해주어도 소용없다. 내가 나를 위로해주었을 때 진정한 위로를 받는다. 자존감 없던 나를 똑바로 마주하는 그 순간 치유가 가능하다. 남들이 만들어낸 별명 따위로 좋아했다, 싫어했다 하며 애꿎은 나를 괴롭혔다. 수치스러운 별명을 지어 나를 부르던 친구들이나, 촌스러워 보이던 내 이름은 잘못이 없다.

지금 나에게 일어나는 운을 과거의 수치심 때문에 놓치지 않을 것이다. 지금 와서 생각해보면 누구나 이름을 가지고 겪을 수 있는 작은 사건이었을 뿐이다. 과거의 나에게 흔들리던 시절이 있었기에 지금의 나는 더욱 단단해질 수 있다. 이제 어디서든 내 이름을 당당하게 말한다.

김신애입니다, 사랑 애 자.

'내가 아닌 나'로 살았던 시간들

..

윤은순

내가 되기 위한 첫걸음을 떼었다. 내 안에 나란 존재는 10%도 되지 않는 생활이었다. 그저 당연하다고 생각했다. 내가 나를 챙기지 못하는 삶. 그때 생각했다. 나는 누구인가. 나는 누구를 위해 살고 있는가. 남편을 위해, 아이들을 위해, 내 부모와 내 형제들을 위해, 내가 선택한 시댁 사람들의 노예처럼, 혼란스러웠던 30대 중반까지의 삶을 살아오면서 나는 그 큰 불덩이를 끌어안고 살았다.

결혼 전에는 나의 부모님 말씀대로 "부모에게 효도해라", "너는 우리 집 맏딸이니 동생들 본보기가 되어야 한다"라는 부모님의 가르침대로 살았다. 결혼 후에는 "부모에게 효도하고 형제들에게 잘하라"라는 부모님 말씀을 성실하게 실천했다.

나는 어린 시절 밤으로 유명한 공주 정안면 산골 마을에서 태어나 유년 시절을 보냈다. 초등학교 2학년까지 십 리 길을 걸어서 학교에 다녔다. 겨울에는 해가 뜨기도 전에 캄캄한 새벽에 한 살 많은 사촌 오빠와 함께 등교했다. 가방도 없이 보자기에 책 몇 권 둘둘 말아 허리춤에 매고 사촌 오빠 뒤를 따라 학교엘 다녔다. 내가 살던 곳은 십여 가구가 모여 사는 파평 윤씨 집성촌이다. 무성산으로 둘러싸인 하늘만 빼꼼한 '안속골'이다. 내 어린 시절 부모님은 언제나 농사일로 바쁘셨다. 다리 건너야 하는 마을에는 나를 예뻐해주는 할머니, 할아버지, 고모, 삼촌, 그리고 증조할머니가 살고 계셨다. 인정스럽고 자상하신 할머니는 바쁜 엄마의 빈자리를 채워주는 또 다른 엄마였다.

산골 마을에서 나는 얼굴 뽀얗게 예쁜 아이였다. 그 시절 나는 초등학교 입학하기 전부터 동생들을 업어주는 맏언니 역할을 해야만 했다. 엄마가 동생을 재우고 밭으로 나가며 내게 말씀하셨다.

"동생 깨면 업고 즘밭으로 젖 먹이러 오너라"라고 하셨다. 나는 엄마 말을 잘 듣는 착한 맏딸이었다. 갓난 동생을 포대기로 둘러업고 10분 정도 걸어 엄마에게 젖 먹이러 가곤 했다. 그 시절 우리 동네에는 동갑내기 당고모 둘이 살았다. 막내였던 고모들이 자유롭게 놀 때 맏딸이었던 나는 동생이 잠들 때까지 기다렸다 놀아야 했다. 착하고 예뻤던 맏딸이었던 나는 우리 부모님의 자랑이기도 했다. 어린 시절 부모님이 세워놓은 기준인 모습으로 삼십 대 중반까지 그렇게 살아왔다.

친정엄마는 나를 통해 당신 인생을 보상받고 싶어 하셨는가 보다. 친정에서 나에게 거는 기대와 이유는 있었다. 엄마도 어린 나이에 외

할머니를 여의고 집안 살림하며 힘들게 살았다고 한다. 국민학교 다니다 그만두어 졸업하지 못한 배움의 한을 나를 통해 풀고 싶으셨나 보다. 어려운 살림에 고등학교 보내려고 아버지와 다투는 모습도 보았다. 그러나 엄마는 유독 내게 집착에 가까운 기대를 하셨다. 엄마의 기대는 나를 죽을 만큼 힘들게 했다. 언젠가 전화하던 중 엄마에게 모진 말을 쏟아냈다. "엄마 나 이제 엄마한테서 벗어나고 싶어." 엄마는 불같이 화를 냈다.

그 후 2년 정도 친정과 연락을 끊고 살았다. 그런데 어느 날 아버지에게 연락이 와서 만나게 되었다. 엄마를 향한 화나는 속마음을 쏟아냈다. 왜 아버지는 내 울타리가 되어주지 않았는지, 원망의 말도 하였다. 아버지는 아무 말씀이 없으셨다. 그 후 다시 친정에 갔을 때 엄마는 건강이 많이 나빠져 있었다. 내 마음이 또다시 요동치기 시작했다. 내 탓인 것 같았다.

남편을 만난 건 이십 대 초반 친구의 소개였다. 결혼하면서 성주 이씨 19대 종손 며느리가 되었다. 시댁 집성촌에서는 나를 특별한 사람처럼 대한다. 내 의무감이 또 하나 덧씌워지는 삶의 시작이다. 시골 시댁에 내려가면 집안 어르신들이 갓 시집온 내게 말씀하셨다. "남편만 좋으면 산다." 결혼하고 일 년이 채 지나지도 않아 그 말은 현실이 되었다.

경상북도 예천 시댁에는 구순을 앞둔 시할아버지, 편찮으신 시아버님과 시어머님, 그리고 숙부가 한집에 살았다. 고등학교 다니는 시동생도 있는 종갓집 맏며느리이다. 내 남편은 시골에서 어렵게 농사지어 도시에 대학 보낸 아들이다. 안동에서 고등학교 다니는 시동생 하숙비는 빠듯한 남편 월급으로 감당하기 어려웠다. 남편 직장이 대기업이지만 우리 네 식구 생활비 하기도 넉넉지 않은 수입이다. 남편을 보험으로 생각하는 시어머니와 시누이들 기대에 맞춰 사는 결혼 생활이다. 남편 대학 다닐 때 등록금 대줬다는 큰시누는 우리 생활에 지나치게 간섭한다. 헌신적인 종갓집 맏며느리 역할을 강요하는 분위기 속에서 십 년을 살았다. 성주 이씨 집안의 시종으로 시집온 것이다. 이러지도 저러지도 못하는 남편이 안쓰러워 혼자 감당하려고 했다.

이때부터 내겐 위장장애가 시작되었다. 배가 너무 아파 한의원에 침 맞으러 자주 다녔다. 스트레스를 받으면 위장이 움직이지 않는 '위 무력증'이라고 한다. 침 맞으러 다니는 횟수가 점점 늘어나면서 죽을 수도 있겠다는 생각이 들었다. 내가 왜 그렇게까지 아픈지 그 이유를 몰랐다.

나는 어려운 시절 태어나서 부모님의 사랑을 듬뿍 받았다. 부모에게 효도하라는 부모님의 가르침대로 살았다. 동생들의 모범이 되는 맏딸이 되라는 가르침대로 따랐다. 가난한 농부 맏딸이었기에 일찍 사회생활을 해야 했다. 종손과 결혼한 후에도 부모님 가르침대로 시부모님에게 잘하려고 노력했다. 그러한 것들이 그 시절에는 당연하다고 생각했다.

삼십 대 중반까지 그렇게 나를 내려놓고 가족을 위해 희생하는 것을 미덕으로 여겼다. 내 안에 내 자리는 없고 가족만이 있는 삶이었다. 그 시절 이타적인 삶은 나에게 숙명이었고 당연한 가치였다. 그러나 말하지 못했던 마음의 소리에 몸이 반응하였다. 죽을 만큼 아팠던 위장장애는 나를 위해 살라는 신호였다. 그래서 다짐했다. 그동안 할 만큼 했으니 이제부터는 나를 위해 살기로 작정했다. 나를 힘들게 했던 건 엄마가 아니다. 시댁 식구들이 아니다. 내 선택이 나를 힘들게 한 것이다.

상담 공부 시작하면서 깨닫게 된, 나에 대한 자각이었다. 상담 공부를 하면서 했던 '자기분석'은 나를 치유하는 과정이었다. 어린 시절부터 덧씌워진 '착한 딸'이라는 굴레에서 벗어났다. 부모님의 가르침과 유교적 사상을 벗어던지고 자유로워졌다. 그동안의 삶이 결코 도움 되지 않았음을 깨닫는 순간부터 나는 성장하기 시작했다. 그리고 내가 아닌 나로 사는 게 그 누구에게도 도움 되지 않음을 알았다.

철없는 남편의 일탈

··

김도영

  남편은 의논하지 않고 사고 치는 사람이다. 늘 조급하고 불안했다. 인생은 내가 원하는 방향으로 가지 않았다. 나라는 사람 '김도영'은 어디에도 없고, 다른 사람의 인생에 끌려다니고 있었다. 부모도 처음이고 육아를 가르쳐주는 사람도 하나 없었다. 왜 그렇게 힘들었을까. 결혼해서 아이를 낳고 키우다 보니 일찍 돌아가신 친정엄마의 빈자리가 크게 느껴졌다. 친정엄마나 시어머니가 아이들을 돌봐주는 친구들이 부러웠다. 엄마와 함께 맛있는 것도 먹고 쇼핑도 하며 때로는 투정도 부려보고 싶었다.

  나의 앨범 첫 장에는 어릴 때 찍은 백일 사진이 있다. 동그란 얼굴에 하얀색 뜨개옷을 입은 아기는 예쁘게 웃고 있다. 작은 손은 무엇을 잡았는지 주먹을 꼭 쥐었다. 날 낳았을 때 엄마는 꽃같이 고운 나이였다. 어느 순간 엄마의 모습이 떠오르지 않는다. 아무리 기억을 해보려고 애써보아도 희미한 실루엣으로만 남아 있다. 엄마의 빈자리는 이모들이 채워주셨다. 감사한 일이다.

6월에 첫아이를 출산했다. 함께 출산한 다른 사람들에게는 친정엄마가 가장 먼저 도착했다. 부러웠다. 산후조리를 해줄 사람도 없고, 걱정이 많았다. 큰이모께서 아기를 보러 오셨다. 내 모습을 보고 "산후조리 해줄 테니 집으로 가자" 하셨다. 그 말을 듣는 순간 눈물이 왈칵 쏟아졌다. 그 후에도 큰아이와 둘째 아이까지 큰이모가 산후조리를 해주셨다. 가끔 그때 끓여주신 미역국이 눈물겹게 떠오른다. 왜 그렇게 그 미역국이 맛있었는지 모른다. 엄마 보고 싶은 마음을 큰이모에게 기대었나 보다.

큰아이가 두 살 때이다. 퇴근한 남편이 옷을 갈아입지도 않고 소파에 털썩 주저앉더니 나를 부른다. 남편이 좋아하는 찌개를 끓이며 다른 한쪽에선 이유식도 함께 만들며 바쁜 나는 배려하지 않고 본인 옆으로 오라고 한다.

"나 찌개도 해야 하고 아기 이유식도 만들어야 해. 거기서 말해."

남편이 말했다. "나 회사 그만두고 당구장 해보고 싶어."

나는 만들던 이유식에 숟가락을 떨어트렸다.

"뭐라고? 당구장 하고 싶다고?" 어이가 없었다. 남편의 눈과 마주치니 결연한 눈빛이다. 속으로 걱정이 이만저만 아니다. 뭐라고 말해서 그만하게 할 것인가. 속으로 이 궁리 저 궁리 했다. 남편은 내 마음은 전혀 알지 못하고 계속 중얼거린다. 회사 그만두고 자신이 원하는 일해보겠다고 우긴다. 나는 차분하게 말했다. "회사는 그만두지 말고 사람 하나 두고 해봐." 그렇게 말하니 "사람을 두라고?" 혼잣말을 했다.

나는 부엌으로 가면서 '저 사람을 어떻게 설득해서 회사를 계속 다니게 할 것인가?' 걱정거리가 생겼다. 다음 날 사촌 동생이 집에 들렀다. 나는 남편이 하고 싶다는 당구장에 대해 조언을 구했다. "대학가도 아닌 주택가에서 어떻게 당구장을 해요! 한 번 더 생각해보세요."

사촌 동생이 말려도 남편의 생각은 변함이 없었다. 남편의 고집으로 당구장을 개업했다. 회사는 그만두지 않는 조건이었다. 사촌 동생이 당분간 도와주기로 했다. 처음에는 열심히 했다. 회사에서 퇴근하면 곧바로 당구장으로 가서 준비도 하고 청소도 하고 손님 접대도 잘했다. 시간이 지나자 당구장 시작할 때 마음은 어디론가 없어지고 사촌 동생에게 가게를 맡기고 돌아다니기 바빴다. 그렇게 가게에 소홀하니 손님들도 발길이 줄었다. 폐업해야 할 상황에 이르렀다. 당구장 시작할 때 여유 자금이 있었던 것도 아니다. 신혼집 전세 보증금으로 차린 것인데 당구장 권리금 받지도 못하고 손해만 보고 접었다. 이제 가족이 들어갈 집도 없다. 남편이 궁리 끝에 사택을 알아보게 되었다. 마침 빈집이 하나 있었다. 오래된 5층짜리 사택의 2층이다.

남편의 이야기를 듣고 함께 가보니 너무 낡았다. 날을 잡아서 페인트도 칠하고 청소도 했다. 내일이면 이사를 해야 한다. 옆에서 자는 남편 두들겨 패주고 싶다. 아무 걱정 없이 코를 골고 잘 잔다. 나는 밤새 잠을 이루지 못하고 이사할 걱정이 가득하다. 아침에 일어나 이삿짐을 옮기는데 얼굴을 마주치니 싸우고 싶다. 계속 마음이 가라앉지 않는다. 화가 난다. 그럼에도 내색하지 않고 이삿짐 옮기고 있다. 엘리베이터도 없는 2층이라 간단한 살림은 계단으로 올렸다. 남편의 친구가 이사를 도와주었다. 장롱이나 TV, 세탁기, 냉장고 등 옮겨주니 점심을 대접해야 한다. 중국집에서 배달 음식을 시켰다. 거실에 신문지 깔고 짜장면과 탕수육을 차렸다. 나는 먹고 싶은 마음이 없었다. 나와서 놀이터에서 앉아 먼 곳, 바라보았다. 한숨만 나온다. 이찌 이곳에서 버틸 수 있을까? 괜히 빈 그네만 왔다 갔다 밀어본다. 심호흡했다. 일단 집으로 들어가자. 마음속으로 결심했다. 반드시 집을 사서 이사하겠다고 생각하고 일어섰다.

아이는 아무것도 모른 채 집 앞에 놀이터가 있다고 들떠서 나가자고 한다. 동생이 아이를 데리고 놀이터로 나갔다. 반짝이는 햇살 아래 아이의 해맑은 웃음이 보였다. 그때 속상했던 마음이 사르르 녹는다. 아이를 보면서 더 좋은 환경을 만들어주지 못한 데 대한 미안함이 살짝 들었다. 마음은 빨리 이곳을 벗어나고 싶었다. 남편에게는 내색하지 않았지만 불안한 마음을 추스르며 살았다.

한동안 조용했다. 당구장 사건이 있고 난 후 언제 사고 칠지 모른다는 생각이 들었다. 나는 새집으로 이사 가려고 저축에 힘쓰며 성실하게 돈을 모으고 있었다. 어느 날 또 부른다. 불안하다. 실토한다. 주식에 손을 대었다고 한다. 본인 퇴직금 중간결산을 했고 그 돈으로 주식에 손을 대었단다. 나는 뒤통수 세게 맞은 느낌이다. 아무 말도 하지 못하고 기력이 없다. 공황 상태다. 남편은 내 모습을 보고 놀랐다. 내 손에 돈 백만 원 쥐여주고 약을 해 먹으라 한다. 한마디로 병 주고 약 준다. 남편의 정체성이 궁금해진다. 도대체 이렇게 행동하는 사람이 누구인지 소리치고 악을 쓰고 싶다.

　남편이 미워서 떠나고 싶을 정도다. 그런데 아이들을 어떻게 할 것인지 한동안 갈피를 잡지 못했다. 아이들 때문에 일어나야 한다. 남편이 한 일에 대해서는 함구했다. 나는 이런 일을 겪으며 세 가지를 깨달았다. 첫째, 결혼 생활은 내가 꿈꾸는 대로 이루어지는 것, 아니었다. 남편은 어떤 일을 저지를 때 의논을 하지 않았다. 앞으로도 그럴 수 있는 사람이었다. 내가 스스로 단단하게 휘둘리지 않는 사람이 되어야 한다는 생각이 들었다. 둘째, 이미 일어난 일을 가지고 싸워봐야 아이들 앞에서 좋지 않은 모습을 보일 뿐이다. 앞으로 하지 않도록 설득하고 부탁하는 수밖에 없다. 셋째, 나라도 정신 차리고 애들에게 집중해야 한다.

　결혼은 이상이 아니었다. 상대가 어떻게 행동하더라도 나는 중심을 단단히 잡았다. 그리고 견디고 버텨낸 덕분에 다시 봄이 찾아올 수 있었다. 사고 친 남편이지만 측은지심으로 이해를 하고 다시 기회를 주었다. 그렇게 우리는 서로 한곳을 보는 사람이 되어가고 있었다. 타인과 만나 조율하며 살아간다는 건 쉽지 않은 일이었다. 생각보다 많은 것들이 내가 생각하고 원하는 대로 이룰 수 있다는 걸 깨달은, 나의 아름다운 인생이다.

나는 지금 어디로 가고 있는가?

..

마서희

나는 내가 꼭 무덤 속에서 사는 것 같다. 매일 아침에 눈을 뜨지 않았으면 좋겠다고 생각했다. 웃음 많고 꿈 많던 나였다. 왜 이렇게 되었을까? 어디서부터 무엇이 잘못되었는지 궁금해진다.

어린 시절 밤에 부모님이 싸우는 소리에 자주 깼다. 나는 그럴 때마다 자는 척했다. 그것이 내 불안의 시작이다. 나는 부모님의 모습을 보면서 결혼하면 절대 싸우며 살지 않겠다고 다짐했다. 나의 가정은 누구보다도 따뜻한 보금자리를 만들고 싶었다. 10대 후반, 어느 날 갑자기 몸에 기운이 빠지는 것 같더니 그 뒤로 계속 기운이 없었다. 정법 공부를 하면서 그것이 신병이라는 것을 알게 되었다. 부모님과 소통을 잘하지 못하니 이런 상황을 그냥 견디었다. 이렇게 버티며 살아가는 것이 인생인 줄 알았다.

어느 날 돌아보니 세 아이의 엄마가 되어 있었다. 남편은 가난과 함께 어려운 가정환경에서 자란 사람이다. 생활력이 강한 남편은 열심히 일했다. 그러나 삶이 힘들다는 이유로 술로 풀었다. 일 끝나면 매일 술이다. 이런 상황이 나를 더욱 우울하고 힘들게 했다.

아이들은 너무 예뻤다. 이렇게 예쁜 아이들을 나의 어린 시절 모습으로 자라게 하고 싶지 않은 나는 남편을 육아에 동참시키고 싶었다. 부드럽게 권유해보기도 했고 사정도 했다. 그리고 부탁도 했다. 귀 닫고 눈먼 척했다. 남편도 화목하지 못한 가정에서 자랐다고 한다. 그래서인지 내가 원하는 아버지의 역할을 하지 못했다. 일중독 걸린 사람처럼 일만 했다. 세상에서 제일 예쁜 큰아이가 태어났다. 그런데도 아이와의 눈 맞춤도 없이 매일 야근이다. 혼자만 하는 육아가 힘들어서 지쳐갈 즈음, 15개월 차이로 둘째가 태어났다. 나는 힘들고 우울했다. 이대로 살다가는 제명까지 살지 못할 것 같은 마음이다. 나의 10년 후, 20년 후를 생각하면 걱정이 된다. 너무 힘들어서 다른 사람에게 사실대로 이야기라도 할라치면 배가 불러서 그런 이야기 한다고 말했다.

낮에는 아이들 씻기고 먹이고 재우고 정신없이 하루를 보낸다. 딸에게 동화책 읽어주면 15개월 둘째가 먹을 것 달라고 울고 불고 야단이다. 큰애 어린이집 보내고 둘째 재워야 커피 한잔이라도 마실 수 있는 여유가 생겼다. 남편을 보고 시집왔는데 아이들과 지내는 시간만 있고 남편은 일에 빼앗긴 꼴이었다.

32살 때 셋째를 가졌다. 그렇게 기다리던 아들이다. 셋째 아들이 태

사실은 괜찮은 내 인생

어나면서 집안 분위기가 환해졌다. 남편도 기다리던 아들이라서인지 집에도 일찍 오고 술 마시는 횟수도 줄어들었다. 아들 임신 초기에 남편은 일하던 회사에서 나와 자영업 공장을 시작했다. 아들 낳고 세 살 때쯤 회사에 일이 많아지기 시작했다. 친정엄마가 집 근처로 집을 옮겼다. 셋째를 키워주기로 한 것이다.

엄마 덕분에 나는 남편 회사에 나갔다. 남편이 나를 힘들게 하는 것은 일이 아니다. 자신이 힘든 스트레스를 온통 나에게 푼다. 한편으로는 나한테 부담스러울 정도로 의지한다. 나는 이 남편의 비위를 맞출 수 있으면 세상 그 누구와도 일할 수 있다고 생각한다. 남편의 특기는 억지를 부리는 일이다. 금방 잘해주다가도 화내고 또 잘해주고, 남편 앞에서는 내가 꼭 뜨겁게 달궈진 냄비 위의 콩 같다. 집에 올 때, 회사 갔을 때, 다른 사람 같았다. 어떻게 180도 변할 수 있는지! 항상 그것에 대한 의문이 생긴다.

내가 생각했던 결혼 생활과는 거리가 먼 날들이다. 아내를 배려하거나 아내에게 공감하는 부분은 전혀 없다. 자기가 하는 일만 잘하는 사람이다. 나는 따뜻하고 부드럽게 내 이야기 들어주는, 아이들과도 잘 놀아주는 그런 남편을 꿈꾸었고 기대했다. 나는 감성적이고 정이 많은 '가슴형'이다. 남편의 말에 휘둘렸다. 남편은 남편대로 일에 지친 자신을 이해하고 본인이 시키는 대로만 살라고 한다. 육아와 남편의 일에만 쏟는 열정에 거의 지쳐가고 있다. 에너지가 소진되었고, 아이들도 엄마가 키워주니 별 탈 없기를 바랄 뿐이었다. 남편과의 감정 기복이 심해지니 아이들 돌봐주는 친정엄마와도 소소한 일로 다툼을 한다.

엄마는 뭐든 당신 방식으로 하려고 하고, 나는 애들 위주로 편하게 기르고 싶었다. 성격이 맞지 않으니 자주 싸웠다. 엄마는 이렇게 고생 하는데도 대접해주지 않는다고 서운해했다. 세상에 기댈 곳 하나 없 었다. 무인도에 혼자 와 있는 것 같은, 텅 빈 마음과 허전한 육신은 점 점 병들어가고 있었다. 남편과 엄마와도 마찰이 심했다. 뭐든 자기 맘 대로인 남편이 엄마 마음에 차기는 더욱 어려운 일이다. 지금 돌이켜보 면 우리 애들 키워주려고 집도 옮긴 엄마에게 서운하게 한 적이 많다. 엄마와 남편 사이에 문제가 생기면 무조건 남편 편을 들어주었다. 엄 마는 속상하시다며 저녁도 드시지 않고 주무실 때도 있었다. 엄마는 좀 더 나를 이해해줄 거라고 생각했다. 엄마는 자식을 위한다고 이 말 씀 저 말씀 하신다. 나에게는 엄마의 간섭과 잔소리를 들을 마음의 여 유가 없었다. 집에 늦게 들어오며 오직 일만 하는 남편 때문에 마음이 편하지 않으니 애꿎은 엄마에게 화풀이할 때도 많다.

나는 나를 위로하기 위해 쇼핑을 하고 영화를 봤다. 그리고 서점에 서 내가 읽고 싶은 책을 사서 읽었다. 무엇인가 해소해야 할 대상이 없 으니 내가 좋아하는 물건을 구입하면 위로가 되었다. 남편이 스트레스 주거나 나를 괴롭히면 나는 바로 달려가서 옷이든 무엇이라도 하나를 샀다. 그러면 보상 심리 같은 게 느껴지면서 기분이 살짝 좋아졌다.

그것도 오래가지 않는다. 처음엔 한 달 정도 갔다면, 점점 그 기간이 짧아지면서 일주일, 이틀, 하루로 줄어든다. 보상의 강도가 점점 세지는 것이다. 그렇게 남편이 열심히 돈을 벌면 나는 복수혈전 하듯 쇼핑을 했다. 회사가 바빠지면 시도 때도 없이 나를 찾는 미운 남편. 스트레스를 앓았다. 스트레스가 심해서 머리끝까지 참을성이 없어진 날은 영화표 두 장 끊어 혼자서 영화를 봤다. 영화 한 편 거의 다 볼 때쯤이면 어느 정도 진정이 되면서 남편한테 미안함이 들었다. 그러면 전화기 전원을 켰다. 상대가 휘두르는 삶의 흔들림을 뼈저리게 느끼면서 돌파구는 찾지 못하고 있다.

우연히 '이것이 인생이다' 주제가인 류계영의 '인생'을 듣고 펑펑 울었던 기억이 난다(다시 가라 하면 나는 못 가네, 서러워서 나는 못 가네). 이 가사가 내 마음을 마구 흔들었다. 다른 부부들 보면 다정하게 소통하며 아이들 잘 키운다. 그런데 나는 나의 심연에 매여서 아이들 키울 때 즐겁게, 행복하게 키우지 못했다는 생각이 든다.

아이 셋 이제 자라서 훌쩍 커버렸다. 지금 와서 정서적 안정은 줄 수가 없다. 그런 아쉬운 마음이 들 때 남편이 더없이 미워진다. 그렇지만 이만큼 사는 것, 남편 덕이다. 우리 식구 잘 먹고 잘살게 하기 위해 일밖에 모르는 사람이다. 그 자체를 인정하고 존중해주려고 한다.

마침 정법 공부를 하게 되었다. 마음공부, 인성 공부이다. 이 공부 덕택에 지금까지 힘들고 외로운 사투로 부부의 길, 엄마의 길을 걷고 있다. 한 발짝씩 걸을 때마다 가시에 찔려 소리 지르고 싶은 고통을 참는다.

정법 공부 알기 전에는 불평불만을 가지고 살았다. 왜 나만 힘들까 생각했다. 지금까지의 세월도 그렇다. 앞으로도 자연이 나를 키우기 위해 고통을 주었다면 신의 축복도 함께 있을 것이라고.

희철이의 아내로 산다는 것

..

우기숙

80억의 절반인 40억 중 하나인 희철이라는 남자를 만났다. 결혼 생활을 한 지 어느덧 올해로 38년째다. 처음엔 살짝 가슴이 떨렸으나, 다리가 떨렸던 중년을 지나 어느새 60대 중반의 나이로 접어들었다. 맞지 않아서 도저히 못 살 것 같던 남편과 두 명의 자녀를 결혼시킬 때, 나란히 앉아 혼주석을 지킨 걸 보면 그걸 바로 기적이라고 해야 하는 것 같다.

결혼할 땐 천사와 신사가 만난다고 했던가? 26세 천사는 그해 12월 29일 한 신사를 만났다. 그리고 다음 해 2월 1일 약혼, 이어 3월 1일 결혼까지 하게 된다. 바로 내 인생의 전과 후의 분기점이 된 결혼이다.

난 결혼 전 수학 교사였다. 교직이 적성에 맞았기에 교육대학원도 다녔고, 1급 정교사 자격증도 취득했다. 그러나 약혼 후 예물을 맞추는 자리에서 시어머니는 적극적으로 내게 교직을 내려놓기를 원했다.

남편은 오랜 기간 객지 생활을 했다. 그러니 결혼하면 서울에서 함께 살아야 한다는 것이었다. 나는 눈물을 머금고 한 번도 생각해보지 않았던 사직서를 쓰게 되었다. 그러나 결혼해서 알고 보니 그 어머니는 새엄마였다. 남편은 7살 때 친엄마가 돌아가셨고, 새엄마가 여러 번 바뀌었다. 친엄마는 얼굴도 모른다고 했다.

결혼이란 상대의 어린 시절과도 함께한다는 것을 그 시절에는 몰랐나. 서로를 알아가는 신혼 초, 사소한 일로 다투다 보면 화해는 늘 내가 먼저 한다. 남편이 먼저 미안하다고 말한 적은 없었다. 그런 일이 종종 있자 엄마는 내게 "여자 마음이 우물이면 남자 마음은 하늘인데 박 서방은 왜 그럴까?" 하며 중매한 엄마 자신을 책망했다. 남편은, 자신은 사랑을 받아본 적이 없어 사랑이 뭔지 모르니 사랑을 줄 수 없다고 말했다. "그러면 왜 날 그렇게 좋다 하며 결혼하자 했냐?" 했더니 굳이 말한다면 다방에서 데이트할 때 남편 커피잔에 내가 프림, 설탕을 넣어주었는데 그게 참 좋아서 했다고 한다. 그때는 커피믹스나 아메리카노가 없던 시절이었다. 내게 그 어떤 모성 비슷한 걸 느꼈다고 한다. 나 또한 모성애로 왠지 그가 불쌍해 보여 선택한 결혼, 그러나 어느 순간 내가 더 불쌍해진 것이다.

희철이라는 남편을 이해하기에 앞서 먼저 '남자'를 알고 결혼했어야 했다. 또한 나는 수영복을 골라놓고 여름을 기다린다면, 남편은 수영복 고르다 여름이 다 가는 사람이었다. 어린 시절 가정환경으로 인한

사실은 괜찮은 내 인생

정서적 결핍에서인지 그는 늘 주변을 살폈다. 좋게 말하면 신중함, 차분함이었지만 나와는 정반대 성격으로 많이 부딪혔다.

반면 난 자라며 아버지께 크게 야단을 맞아본 적이 없다. 아버지께서는 늘 날 보시며 빙그레 웃고 계셨다. '음! 잘하고 있군' 하는 듯한 미소를 띠며 한 손으로는 턱수염을 쓱 만지시곤 했다. 날 향한 어떤 칭찬의 말씀은 기억나지 않지만, 날 사랑한다는 표현을 그런 미소와 표정으로 해준 것 같았다. 그래서 그런지 난 윗사람과의 대화도 어렵지 않다. 때에 따라 아닌 건 아니라고도 말할 줄 아는 용기도 있다. 담대한 편이다.

엄마의 중매로 난 지금의 남편을 만났다. 결혼할 때 남편은 외국에 있다 들어와 서울에서 건설회사에 다니고 있었다. 그런데 안정된 직장 생활을 하던 남편은 사업을 한다며 사표를 쓰고는 나와는 아무런 상의도 없이 직장을 나왔다. 그러나 사업은 생각처럼 그리 쉬운 일이 아니었다. 거기다 IMF까지 겹쳐 건설 경기는 좋지 않았고 일거리는 많이 없었으며, 남편은 점점 예민해져만 갔다. 당연히 집안 형편은 어려워졌다. 대출까지 받아야 할 정도로 힘들어진 우리 삶은 어둡고 깊은 터널 속으로 들어갔다. 수입이 없으니 싸움이 잦아졌다. 그 시절 서로 으르렁대며 살았다.

결국 내가 영·수 학원을 열게 되었다. 그때 늦둥이 셋째 막내의 나이가 겨우 4살이었다. 중고생을 대상으로 한 학원이었기에 난 오후 4

시면 저녁을 지어놓고는 친정엄마께 세 아이를 맡기고 학원으로 나가 밤 10시가 돼서야 돌아왔다. 내 아이들은 오후 4시면 집으로 돌아오는데, 나는 그 시간에 나가야 한다. 돌봄이 필요한 아이들을 두고 학원으로 향하는 내 발걸음은 늘 무거웠다. 그러나 해야만 했다.

그 후 엄마에게 파킨슨이라는 병이 생겼다. 나는 할 수 없이 영어는 접고 우리 집에서 그룹 과외와 일대일 과외를 하며 약 20년을 일과 가사를 병행했다. 엄마가 편찮으시다 보니 세 자녀를 전적으로 엄마에게 맡긴다는 것이 어려웠다. 다행히 우리 집 아이들은 공부를 곧잘 했다. 그래서인지 믿고 보내주는 학부모들이 꽤 많았다. 그러나 나의 일과 달리 남편의 사업은 회생할 기미가 보이지 않았다. 남의 눈치 살피며 큰소리만 하는 남편과 사는 것은 힘들었다. 거기에다 줄 사랑마저 없다는 남편과 사는 것은 더더욱 힘들었다.

두 사람 중 먼저 성숙한 사람이 상대에게 맞춰주는 게 결혼 생활이라면, 그때는 그런 것을 몰라서 서로를 많이 지치게 했다. 그러나, 그의 부족함이 바로 나의 존재 이유임을 알게 되었고 또 서로 다른 것이지, 틀린 건 아니라는 것을 그 시절 여러 학교를 다니며 배웠다. 결혼 생활을 잘 유지하고 싶어서 다닌 학교였다. 어머니 학교, 부부 학교, 제주 열방대학의 FMS(가정 상담 사역 학교), 코칭 리더십 과정, 부모 교육 등은 내게 큰 힘이 되었다.

그러나 공부한다고 금방 달라지지는 않았다. 가랑비에 옷 젖고 낙

숫물에 바위 구멍 뚫리듯 스쿨 수료 후엔 계속 스텝으로 함께하며 나의 삶을 되돌아보게 되었다. 또한 나처럼 결혼 생활을 힘들어하는 가정을 세워주는 섬김은 내게 또 다른 기쁨을 주었다. 상대를 변화시키려 하지 말고 상대를 더 사랑할 때, 그 사랑이 그 사람을 변화시킨다는 것을 알았다. 인생은 곧 사랑하는 것 아니던가? '하나님의 러브레터'라는 성경 속 이야기들도 다 사랑 이야기이다.

희철이란 남자와 살며 알아챈 것은 세 가지다. 첫째, 남편 희철이를 있는 그대로 보아주며 남편의 성장 배경을 이해하는 것이야말로 부부 소통의 기본이라고 말하고 싶다. 둘째는 서로의 다름을 이해하며 존중해야 했다. 식사 때 나는 반찬을 여러 가지를 놓고 먹는 걸 즐긴다. 그러나 남편은 그러면 먹기도 전에 주눅이 든다고 했다. 그러기에 난 그가 원하는 대로 많아야 3~4개 정도만 반찬을 놓으면 되는 것이다. 그가 원하는 것은 그리 큰 것이 아니다. 셋째, 남편이 하는 일은 일단 인정하고 본다. 게리 체프만의 『5가지 사랑의 언어』를 통해 알아본 내 제1의 사랑의 언어가 '선물'과 '함께하는 시간'이라면, 그의 제1의 사랑의 언어는 '인정'이라는 것도 알게 되었다. 작은 일도 칭찬해주고 인정해주는 것이 그에게 선물하는 것이다.

초·중·장년 중 한 번은 인생의 고난이 온다고 한다. 비교적 평온했던 초년을 지나 나는 중년의 결혼을 통해 인생의 위기를 맛보았다. 이제 남은 노후, 타인이 바로 우리 자신을 볼 수 있는 거울이라면 이제는 서로가 서로에게 빛이 되어주고 싶다. 서로 이기려 하지 말고 이해하며 말이다.

세상에 완전한 사람은 없으며, 서로에게 안전한 사람이 되어 내 마음 깊은 곳에 상대방이 들어오도록 허락하는 정직함이면 되는 것이다. 부부 사이에 건강한 정서가 흐를 때 자녀들도 건강하게 성장할 수 있다. 결혼한 두 자녀에게도 결혼 전 '결혼예비학교'를 권해주었다. 내가 했던 실수를 피해 갔으면 하는 바람에서였다. 끝으로 남편의 가치를 알아보고 그답게 살 수 있도록 도와주고 격려해주었다. 그는 지금 제2의 인생으로 후반전을 꽃피우며 빛나게 살고 있다. 봄꽃이 우리 둘 사이를 스쳐 지나간다.

사실은 괜찮은 내 인생

그래도 내 인생

··

유보미

열 살이었다. 열 살 여자아이는 아무것도 할 줄 아는 게 없었다. 세상에 열 살 아이가 할 수 있는 것은 친구들과 재미있게 노는 것뿐이었다.

12월 추운 겨울이었다. 갑작스럽게 세상을 떠난 아빠는 우리의 삶을 바꾸어놓았다. 건축 일을 하셨던 아빠는 집에 있는 날보다 없는 날이 많았다. 그래서 아빠와의 기억이 많지 않다. 그래도 맏이였던 나는 우리 삼 남매 중에서 아빠와의 추억과 기억이 가장 많다. 아빠는 나를 예뻐해주셨다. 아빠와 손을 잡고 걷던 기억이 있다. 손을 잡고 걸을 때면 늘 새끼손가락을 내어주셨다. 아빠의 손은 크고 넓어 어린 내가 잡기에는 힘들었기에 그랬다. 아빠의 새끼손가락을 쥐면 내 손에 꽉 찼다. 맞잡은 손을 통해 아빠의 사랑이 느껴졌다. 오랫동안 손을 잡아줄 것만 같던 아빠가 갑자기 사라졌다. 어린 나에게 전부였던 아빠가 없어지니 하늘이 무너진 것 같았다.

10살은 철이 없는 나이였다. 엄마의 마음이나 동생들의 생각은 하지 못했다. 지금 와서 생각해보면 당시 엄마의 나이도 지금의 나보다 더 어렸을 텐데 안타깝고 슬프다. 젊은 나이에 혼자서 삼 남매를 최선을 다해 키우셨다. 또한 힘들다는 표현 없이 꿋꿋이 25년 넘게 일을 하셨다. 지금도 일을 하고 있다. 그런데 10살의 어린 나에게는 엄마의 열심히 사시는 모습이 보이지 않았다.

'왜 나는 남들과 다를까?', '왜 나만 아빠가 없을까?' 그런 생각에 사로잡혀 살았다. 당시만 해도 내 주위에 이혼 가정이나 한부모 가정, 다문화 가정이 그리 많지는 않았다. '이건 어쩔 수 없는 일이다', '내 잘못이 아니다'라고 위로해보았지만 어린 내가 받아들이기는 쉽지 않았다. 세상에 나 혼자 남겨진 기분이었다. 막 사춘기가 시작될 무렵 그렇게 내 마음속에는 세상에 대한 반항심이 싹트고 있었다.

나의 저녁 시간은 저녁을 먹으며 하루의 일을 돌아보는 것 대신 동생들의 밥을 차려주는 시간이었다. 다음 날 준비물을 사기 위해 식탁 위에 쪽지를 적어놓았다. 미리 써놓지 않으면 일하고 돌아오시는 엄마가 준비물 값을 줄 수 없기 때문이다. 아침에는 밥을 대충 먹고 동생들 학교 갈 준비를 도와주어야 했다. 지금 내 나이도 아침에 애들 학교 보내려면 바쁘고 정신없는데 11살짜리가 그 나이에 엄마 역할을 했다. 한창 친구들과 놀 나이인데 동생들 돌보고 엄마 일을 도와준 기억이 더 많다.

문밖으로 나가기만 하면 또 다른 세계가 나를 기다리고 있다. 학교는 절대 빠지지 않았다. 내 유일한 소통 창구는 학교와 친구였다. 밤에 일하는 엄마와는 얘기할 시간도, 만날 시간도, 함께 저녁을 먹을 시간도 없었다. 내 마음을 알아주는 건 친구뿐이라고 생각했다. 그 당시 가족 모두가 힘들었을 상황이었지만 어린 나는 그것을 알지 못했다. 나만 힘들고, 나만 외롭고 지친다고 생각했다.

그렇게 중학교에 입학을 했다. 집에서 공부하라는 사람도 없고, 학원은커녕 공부에 관심도 없었다. 당연히 시험을 잘 보지 못했다. 그래도 나는 공부하지 않았다. 초등학교 고학년부터 공부에 취미가 없었다. 심지어 써야 하는 일기도 쓰지 않아서 꾸중 듣기가 부지기수였다. 중학교 들어가니 수학은 더 어렵고 무슨 말인지도 도통 모르겠다. 영어는 꼬부랑글씨에 혀가 아주 땅기고 말리는 것 같았다. 영어책을 보면 라면만 생각난다.

그러다가 친구를 사귀었다. 나와 결이 비슷하고 나를 위로해주고 공감해주는 그런 친구였다. 나를 알아주고 이해해주는 친구에게 나는 모든 것을 말하고 친해졌다. 그 친구가 만나자고 하면 낮이건 밤이건 나가서 얘기하고 들어주었다. 심지어 엄마가 숨긴 술도 몰래 마셨다. 우린 그렇게 우정이 아닌 객기와 젊음의 패기로 사춘기의 추운 겨울을 보내고 있었다. 모든 건 시간이 해결해줄 거라 믿으며 고등학교에 진학했다.

고등학교 1학년, 어느덧 나와 친구들은 몸도 마음도 성장했다. 다른 친구들은 자기 앞가림하기 바쁜데 나는 여전히 외로웠다. 외로움을 달래기 위해 기댈 곳을 찾았다. 그때 그가 다가왔다. 그냥 옆에 있는 것만으로도 위로가 되었던 지금의 남편이다. 그는 있는 그대로의 나를 좋아해주었다. 처음이었다. 그냥 나의 존재만으로도 인정받는 느낌. 그 느낌에 푹 빠졌다. 행복했다. 우린 어딜 가든 함께였다. 그와 함께하는 시간이 소중했다. 성적도 조금씩 올랐다. 덕분에 대학교라는 목표를 세우고 공부를 했다. 스스로를 돌아보기 시작했다. 대학도 가고 취업도 했다. 조금씩 나를 찾아가며 '유보미'로 성장하는 시간을 만들었다.

지금에 와서 생각해보니 그때의 나는 나를 사랑하는 일에는 서툴렀던 것 같다. 다른 누군가를 위해서 살았고 다른 누군가에 의해서 살아왔다. 그러나 아직 내 인생의 절반도 살지 않았다는 사실이 내게 큰 힘이 되어준다. 나의 인생 스토리는 오직 나만 만들어갈 수 있다. 내 인생의 페이지를 어떻게 그려나갈지는 아무도 모르는 것이다.

모든 일은 나의 손에 달렸다고 생각한다. 그래서 더 많은 나를 만들어가기 위해 오늘도 채우기 연습을 한다. 할 수 있다는 의지를 원동력 삼아 나의 인생을 멋지게 장식하는 그날까지, 나의 성장 스토리는 계속된다.

나를 발전시키기 위해 독서 모임에도 가고 코칭 수업을 들으며 배우고 있다. 작은 일을 시작하면서 내 인생에 이야기를 만들어가고 있다. 지금은 미흡하지만, 조금씩 더 성장하면서 내 안에 있는 나를 발견해가고 있다. 특히 책 읽기 모임을 통해 조금씩 나아가고 있다. 오늘도 독서 토론을 하면서 새로운 멘토들에게 철학과 가치관, 인생의 태도를 배우고 있다. 사실은 괜찮은 나의 인생을 위해서.

우아한 백조의 숨겨진 발길질

··

이선희

아들 결혼식에서 가장 화려한 사람은 누구인지요. 당연히 신부가 맞습니다. 그러나 신랑의 엄마도 빛나고 싶은 날입니다. 큰아들 결혼식 날, 보라색 한복을 곱게 입은 나를 보고 사람들이 놀랍니다. 신랑 엄마가 갑자기 예뻐졌다며 놀란 눈으로 말합니다.

"왜 이렇게 변신했어!" "다른 사람인 줄 알았잖아!"

이렇게 이구동성으로 말합니다. 아들 결혼식 전에 목표를 설정했습니다. 3kg만 감량하기로 했지요. 약간 살이 오르고 있던 시기였습니다. 첫아들 장가보내는 날 엄마도 예쁘게 보이고 싶은 욕구가 있습니다. 미리 운동도 하고 식이요법도 시행했지요. 운동은 하루 1시간 30분 걷기, 일주일에 4회 이상 음식은 두 끼로 절식입니다. 저녁에는 5시 이전에 두부를 물에 끓여서 김치와 싸 먹는 식이요법을 한 달 전부터 시작했습니다. 꾸준한 노력 덕택에 결혼식 전 엄마의 다이어트 성공했지요.

아들 결혼식 날 선명한 회상의 한 페이지로 남기고 싶네요. 기억에 남는 결혼식을 거행하기 위해 여러 가지 엄마의 숨은 노력이 있었습니다. 남편은 아들 집만 해주면 결혼 준비 끝인 줄 압니다. 그때까지 저축해놓은 것 없는 아들입니다. 큰며느리 예물은 엄마인 내가 직접 준비하자! 이런 마음으로 미리 저축했습니다. 기분 좋게 예물도 며느리와 의논했지요. 며느리가 원하는 것으로 준비해주었습니다. 사실 일생에 가장 큰 이벤트 하면 자신의 결혼식, 그리고 자녀의 혼사입니다. 큰아들의 혼사를 위해 미리부터 백조의 발길질 시작했네요.

며느리가 집에 방문하기 전 저는 남편에게 "여보, 큰며느리 맞이하기 전에 집 좀 고쳤으면 좋겠어요." 남편은 들은 체도 하지 않습니다. 조르고 졸랐습니다. 지금 이 집은 20년이 넘었습니다. 그동안 한 번 수리했습니다. 특히 주방과 화장실은 우리끼리는 괜찮지만, 새 식구 맞이하기에는 손볼 곳이 많습니다. 집 안에 들어서면 우울감 느낄 정도입니다. 매일 살아야 하는 곳입니다. 조금 바꾸고 싶었습니다. 며느리에게 깨끗한 집을 보여주고 싶은 마음 있습니다. 남편 설득한 끝에 날을 잡았습니다.

사람이 살면서 집수리하는 일은 이사하는 일보다 더 어려운 일이더군요. 주식회사 한샘에 아는 지인이 있습니다. 견적을 받으니 2,500만 원. 주방, 화장실, 거실, 장판, 벽지, 조명 등 다양하게 수리해준다고 합니다. 우리 가족은 회사에서 기거하면서 집수리에 들어갔습니다. 그런데 공교롭게도 남편의 공사 허락이 떨어진 날짜에 바로 아들 결혼식이 끼어 있네요. 미리 좀 했으면 얼마나 좋았을까요. 신경 쓰지 않아야 할 기본적인 일도 이렇게 힘들게 만드는 사람, 나의 남편입니다.

아들 결혼식 얼마 남지 않았을 때 공사가 진행되었고 결혼식 전날, 집도 없는 떠돌이 신세가 되었답니다. 아들에게 전화해 아들 신혼집에서 하룻밤 묵었습니다. 마침 며느리는 가족과 신부 화장하기 위해 친정에 갔다고 하네요. 아들은 방에서, 저는 아들네 집 소파에서 새우잠을 자고 일어나 부지런하게 씻고 혼주 화장하는 곳으로 출발했답니다. 약간의 눈치가 보입니다. 결혼식 전날 아들네 집에서 숙박하는 일, 평생에 한 번 있는 일입니다.

"엄마 진짜 예뻐요. 오늘은 다른 사람 같아요."

이 말 듣기 위해 백조가 물밑에서 몰래 발길질했네요. 결혼식 행사를 위해 눈치 보면서 아들네 집을 오가며 결혼식 날 예쁜 모습 보이려고 애쓴 흔적입니다. 집수리를 조금 일찍 했으면 이런 일 없었을 텐데 하는 아쉬움이 있었지요. 그렇지만 남편은 나름대로 집수리 플랜이 있었다고 생각합니다. 알뜰하고 살뜰한 남편은 계획대로 결혼식 축의금 들어온 돈으로 집수리를 하고 싶었던 것 같습니다.

자수성가한 남편은 삶의 많은 부분 목표를 세워서 진행합니다. 며느리 맞이하기 전 집수리 미리 좀 하면 어땠을까요? 계획도 현실에 맞게 수정하면 됩니다. 그러나 이미 일어난 일, 안달하고 속상해한다고 해결되지 않습니다. 제가 통제할 수 없는 현실을 직시하고 받아들입니다. 이미 일어난 일, 바꿀 수 없습니다. 방법은 세 가지입니다.

첫째, 문제가 무엇인지 적어봅니다. 그리고 그 문제에 대한 내 생각을 기록합니다. 이미 집수리는 시작되었고, 결혼식 날이 끼어 있습니다. 상대를 원망하고 싸워 봤자 해결되지 않습니다. 가장 지혜로운 방법은 현실을 인정하는 일입니다. 둘째, 현재 상황에서 최선을 다합니다. 마음이 속상하다고 결혼식에 대충 하고 나갈 수 없습니다. 인생에서 가장 큰 이벤트입니다. 오랫동안 기억에 남는 시간이지요. 최선을 다해서 준비하고 아쉬움이 없어야 합니다. 상황은 늘 복잡합니다. 그 환경에서 내가 할 수 있는 일을 잘하기 위해 지혜를 발휘해봅니다. 셋째, 과정이야 어떠하든 결과가 중요합니다. 발밑에서는 무수한 백조의 발길질을 할망정, 위에서는 우아한 모습과 의연한 태도 중요합니다. 살다 보면 겪는 것은 통제할 수 없는 일과 할 수 있는 일, 이렇게 두 가지입니다.

그런데 통제하지 못하는 일에 매달려 시간을 허비하는 것, 인생 낭비라고 생각합니다. 데일 카네기는 걱정과 스트레스 극복에 대해 이렇게 말합니다. 40%는 절대 현실에서 안 일어납니다. 30%는 이미 지나간 일입니다. 22%는 전혀 안 해도 되는 사소한 일입니다. 나머지 4%는 절대 현실에서 일어나지 않습니다. 그렇다면 마지막 4%만 우리가 걱정해서 변화시킬 수 있는 일이지요. 96%가 전혀 안 해도 되는, 통제하지 못하는 일들입니다. 그런 일에 마음을 빼앗겨 하루를 허투루 보내는 사람들이 많습니다.

문제가 생겼을 때는 해결할 수 있는 일인지 아닌지 객관적 분리가 필요합니다. 그리고 최악의 순간을 생각합니다. 앞으로 일어날 일, 직접 손으로 써보면 별일이 아닙니다. 나중에 웃으면서 말할 수 있습니다.

"다른 사람들의 행동이 당신의 내면 평화를 파괴하지 못하게 하십시오." 웨인 다이어의 말입니다. 다른 사람들이 어떻게 행동하든지 자신이 휘둘리지 않고 당당하기 위해서는 내공이 필요합니다. 독서로 내공을 단단하게 만듭니다. 자신을 믿고 신뢰하는 마음으로 부족한 자신을 있는 그대로 받아들이는 마음입니다. 삶의 의미를 찾기 위해, 글쓰기를 통해 과거의 나 자신을 마주합니다. 내가 무엇을 선택했는지 정리합니다. 그리고 한 발 나아갑니다. 그런 나에게 스스로 축하해줍니다. 너는 곤경에서 침착하고 용기 있었다고.

2장

이토록 아름다운
순간도 있었다

복덕방 스승님

..

이상임

    나의 스승은 복덕방 한문 선생님이다. 선생님과의 인연은 32년이다. 지금은 버섯 농사를 짓고 있는 K 언니와 4년 동안 선생님께 한문을 배웠다. 선생님을 만난 것은 내가 31살 때이다. 당시 5명이 땅을 공동구매하여 집을 짓기로 계획하고 땅 매매 계약서 작성을 위해서 부동산 중개사무소를 찾았다. 나는 아들을 업고 일명 '복덕방'으로 갔다.

    복덕방은 여러 명이 앉기에 비좁았다. 우리를 사무실 안쪽에 있는 작은방으로 들어가라고 한다. 그 방에는 긴 책상과 낡은 소파가 놓여 있었는데, 10명 정도 앉을 수 있는 방이었다. 매매 계약서 작성을 위해 도장을 가지고 기다렸다. 방 한쪽 벽에는 칠판이 걸려 있었다. 칠판에는 한자가 정자체로 빼곡히 적혀 있었다. 정교한 글자 옆에는 번호가 달려 있었다.

    '이건 뭐지?' 궁금하였다. 부동산과 한자는 서로 맞추어지지 않는 퍼즐 같았다. 곧이어 계약서 작성을 하고 도장을 찍으니 계약서 작성은 끝났다. 칠판에 쓰여 있는 한자와 번호가 궁금해서 방에서 나오지 않고 있었다. 등에 업힌 아들이 찡찡거려도 나가지 않고 그대로 서 있었다. 중개소 사장님이 왜 안 나오나 궁금해하며 반쯤 닫힌 방문을 열고 본다. 아이를 업고 우두커니 서 있는 나를 바라본다.

"사장님, 저 한자는 뭐예요?" 궁금한 내가 물었다.

"아, 내가 한자를 좀 알아요. 이 근처에 부인네들을 모아놓고 가르치고 있어요."

"내용은 뭔가요?"

"명심보감이요."

"저도 배우고 싶은데, 가능할까요?"

"와도 되는데…" 하며 말끝을 흐리신다. 호칭을 바꾸고 부탁을 하였다.

"선생님 그럼, 제가 집을 다 짓고 와도 될까요?"

"그러세요."

여자중학교 다닐 때 일이다. 시험 성적과 별 상관없는 한자를 좋아했었다. 한자는 여자 교감 선생님이 가르쳤는데, 교감 선생님은 작달막한 키에 저고리와 한복 치마는 항아리 모양으로 길이는 종아리까지 내려오고 까만 구두를 신고 다니셨다. 수업 시간에는 기다란 지시봉으로 짚어가면서 가르쳤다. 그러다가 가끔 번호를 불러서 읽게 하였는데, 못 읽으면 큰 지시봉으로 가차 없이 머리를 때린다. 나는 처음에는 매가 무서워 열심히 하였다. 조금씩 진도가 나가면서 한자의 뜻이 참 좋다는 매력을 알게 되었다. 하지만 그 후로 한자를 접할 기회가 없었다.

복덕방 칠판의 한문을 보는 순간, 좋아하는 물건을 만난 듯이 반가웠다. 어려서 아버지가 가끔 한자 풀이를 해주면 뜻풀이를 좋아했던 기억이 있다.

그 후 집짓기는 다섯 달 만에 완공되었다. 집은 작았지만 뿌듯하였다. 집짓기를 마치고 다시 '복덕방'을 찾았다. 한문 선생님은 여전히 한문교실을 운영하고 있었다. 배우고 싶다고 말씀드리니 흔쾌히 허락하신다. 수업은 아침 9시에 시작하여 1시간이다. 교실에 학생은 40대에서 60대로 보이는 여덟 분이 있었다. 교실 칠판에는 빼곡하게 『명심보감』이 쓰여 있고 옆에 아라비아 숫자가 있다.

책 진도는 중간을 넘어서고 있었다. 한문 수업은 한 글자 한 글자를 두 번씩 복창을 하면서 읽어나갔다. "하늘 천, 하늘 천, 땅 지, 땅 지." 리듬을 타고 읽는 내내 신났다. 얼마를 지나면 등에 업힌 아들이 찡찡댄다. 아랑곳하지 않고 계속 읽어 내려간다. 읽고 난 다음에는 번호에 따라서 한문 뜻풀이를 하였다. 바로 한자 옆에 써놓은 숫자는 뜻풀이 순서였다. 주부 학생들 수준에 맞게 순서에 따라 풀이를 해준다. 뜻풀이를 받아쓰고 마지막으로 읽고 나면 수업이 끝난다. 나는 끝나기가 무섭게 도망치듯 나온다. 어느 때는 수업 중에 등에 업힌 아들이 뜨끈하게 오줌을 싸기도 하였다. 한 달, 두 달이 지나니 이제는 눈치가 보였다. 아이가 찡찡대니 싫어하는 것은 당연하다. 직장인들을 가르치는 야간반도 있었는데, 남편이 도와준다면 다니고 싶었지만 도와주지 않는다.

친구와 술을 좋아하는 남편이다. 나의 공부에는 관심 없다. 대신에 하지 말란 소리는 안 한다. 한번은 어머님이 심부전증으로 병원에 입원하였다가 우리 집에 잠깐 모셔 왔는데, 아이를 맡기고 공부하러 왔다가 병이 발병하여 꾸중 들은 적도 있었다. 공부를 계속할 수 있는 환경은 아니었다. 미련은 있었지만 잠시 접기로 했다.

"선생님, 도저히 못 하겠어요. 애들 키워놓고 오겠습니다."

선생님은 언제든 와도 되니 걱정하지 말라고 하였다.

여유가 생기니 중고차를 사서 운전을 했다. 날개를 달고 다니는 것 같다. 다시 복덕방 한문교실을 찾았다. 이제부터는 월요일부터 금요일까지 9시부터 1시간 동안 한문 공부를 한다. 수업 후에는 서예도 시작하였다. 사서를 필사하는 열정을 쏟았다.

『소학』과 사서(『대학』, 『중용』, 『논어』, 『맹자』)를 4년 동안 공부하였다. 틈틈이 한자·한문 능력 시험을 통해 실력을 점검하기도 하였다. 한 걸음 더 나아가 주말이 되면 서울 종로에 가서 한자·한문 교습 방법을 익혔다. 전업주부에서 세상으로 한 발 나아갈 준비를 하고 있었다.

지금은 한문교실을 운영하지 않는다. 복덕방 스승님은 그 자리를 지키고 있다. 동양의 인문고전은 힘이 있다. 나는 고전을 읽고, 필사를 하다가 멈추었다. 사색이 빠진 것을 알게 되었다. 공자는 『논어』에서 '배우기만 하고 생각하지 않으면 얻는 것이 없고, 생각하고 배우지 않으면 위태롭다'라고 하였다. 맹자는 '마음의 기능은 생각하는 것이다. 생각하면 얻는 것이 있지만 그러지 않으면 얻는 것이 없다'라고 했다. 옛 선현은 모두 사색을 강조한다. 이제는 사색을 해야 한다. 고전 인문학은 우주와 사물의 이치를 깨닫기 위함이다. 나는 오직 독서에만 매달린 꼴이 되었다. 동서양의 인문고전 천재들은 사색의 와중에 깨달음을 얻으면 기록했다.

다산 정약용 선생님은 초서를 세 가지로 정리하였다. '먼저 자신의 생각을 정리한 다음 그 생각을 기준으로 취할 것은 취하고 버릴 것은 버려라. 다음으로 자신만의 생각이 만들어지면 선택하고 싶은 문장과 함께 자신의 생각을 기록하라. 끝으로 책을 읽고 자신의 공부에 도움이 되는 것은 기록하고 넘어가라' 하였다. 이렇게 독서하면 백 권이라도 열흘이면 다 읽을 수 있고 자신의 것으로 삼을 수 있다고 했다. 인문고전의 힘은 사색이다.

무언가를 배우려면 자기보다 앞선 사람에게 가야 한다. 무엇으로 성장하는가? 복덕방 스승님 덕분에 한문에 눈을 뜨게 되었다. '삶에서 중요한 타이밍에 누구를 만나느냐'가 소중한 일이다. 한문 공부 덕분에 이후 공부에 태풍이 불었다. 중국어학과, 그리고 역사학으로 연결된 삶의 초석은 복덕방 스승님 덕분이다. 내가 이만큼 성장하는 데 자양분을 주신 분께 감사한 마음으로 고개 숙인다.

절약 하나 했을 뿐인데!
성취감을 선물로 받다

..

김진주

집주인이 4개월 말미를 더 못 준다고 했다. 급히 월세를 구해 살던 2015년 봄날, 남편은 수술을 잘 끝냈고 그해에 쌍둥이 임신이 되었다. 나는 드디어 나의 쓸모를 증명할 수 있게 되었다고 생각했다. 육아를 열심히 하고 가정을 잘 돌보겠다고 다짐했다. 외벌이에 4인 식구가 되었으니 바짝 긴장하고 더 절약해야 했다.

2011년에 신축 아파트 입주로 큰 대출을 받았기에 두려움을 가지고 신혼 생활을 시작했다. 내가 아가씨 때 모아둔 돈은 전부 친정에 드렸다. 남편이 내놓은 계약금 3,000만 원과 모은 돈 3,000만 원, 이직한다고 받은 퇴직금 2,000만 원을 합해 8,000만 원으로 시작했다. "자기는 아가씨 때 모아놓은 돈 하나도 없어?"라고 한 번은 물어볼 법한데 13년 동안 한 번도 묻지 않은 착한 남편이다.

결혼식을 마치고 한 달 뒤, 우연히 동생이 지나가는 말로 "『4개의 통장』이라는 책 읽어봐" 했다. 운명이었나 보다. 책 한 권 읽지 않던 내가 그 책을 읽고 단 하나의 실행을 했다. 나에게 맞춰 5개의 통장으로 쪼갰다. 급여 통장, 저축과 투자 통장, 고정비 통장(대출이자, 보험료, 공과금, 계비, 부부 용돈), 급한 일에 대비할 수 있는 예비비를 모아두는 저수지 통장, 일 년 예산 통장(여행, 의류 및 미용, 양가 부모님 명절과 생신 용돈, 경조사비, 각종 세금 등)이었다.

당시 3억으로 분양받은 아파트를 8,000만 원으로 시작했으니, 나머지는 전부 대출이었다. 평생 대출 없는 삶을 사셨던 친정엄마는 나에게 집값의 반은 돈이 있어야지 그렇게 많은 대출을 어떻게 할 거냐 하셨다. 친정엄마의 걱정을 덜어드리려고 아파트 시세는 올리고 남편이 모은 돈도 부풀리는 귀여운 거짓말도 했다. 나도 두려웠지만 내가 할 수 있는 것에 집중하기로 했다. 허리띠를 졸라매고 열심히 모으는 수밖에 없었다. 예산을 짜고 가계부를 썼다. 인터넷으로 은행 상품들도 알아보며 적금도 넣고 펀드도 들었다. 매달 나가는 고정비를 책정하고 책에서 읽은 저수지 통장에 대해 생각했다.

저수지 통장의 내용은, 만약 집안의 가장이 사고로 일을 하지 못하게 됐을 때 가족이 3개월 정도는 살아갈 수 있게 월급의 3배 정도는 예비비로 둬야 한다고 했다. 그런 상상을 하니 무서웠다. 나는 저수지 통장에 최소 600만 원을 만들기로 결심했다. 결혼한 첫 해 2011년 1월에는 부부 둘 다 0원인 통장에서 시작했기에 그럴 목돈이 없었다. 한 달에 30만 원씩 다른 통장에 적금을 붓고 상여금, 성과급 등을 전부 모아 2011년 말에는 저수지 통장 명목으로 600만 원을 만들었다. '저수지'라는 단어에서 오는 어감처럼 든든했다. 동시에 나의 한 해 저축 목표 금액을 달성하기 위해 기본 적금도 계속 붓고 있었다.

2011년 일 년을 살아보니 옷도 사야 하고 미용실에도 가야 하고 안경도 맞춰야 했다. 여행도 가야 했다. 그런 돈이 월급에서 빠져나가면 내가 넣어야 할 적금에 차질이 생긴다는 걸 알았다. 1년 동안 예상되는 예산 통장을 따로 만들었다. 여행 200만 원, 옷 100만 원, 양가 부모님 용돈 200만 원, 경조사비 30만 원 이런 식으로 정해서 일 년 예산 통장을 만들었다. 이것이 『4개의 통장』과는 다른, 나의 차별점이었다.

아파트 대출이자와 보험, 통신비, 관리비, 용돈, 기부금 등 고정적으로 나가는 고정비 통장도 만들었다. 매달 일정한 금액을 고정비 통장으로 보냈다. 관리비는 다달이 다르므로 항상 월말이면 내가 고정비로 보낸 돈이 남게 된다. 그대로 두면 여름에는 관리비가 많이 나오므로 상쇄되었다. 아니면 저수지 통장으로 보내서 돈이 불어나는 기쁨을 만끽했다.

그렇게 하여 2012년부터 본격적으로 내가 붓고 싶은 적금을 차질 없이 최대한 들 수 있었다. 반은 적금, 반은 펀드에 넣으면서 펀드의 수익률이 더 나은 것도 경험하며 종잣돈을 열심히 모았다. 그러니까 2011년 한 해는 나의 소비 습관과 가치를 알고, 예산을 짜며 통장 정비를 하는 시기였다. 다달이 똑같은 금액의 월급을 받는 게 아니니 최저 금액을 심리적 월급으로 정했다. 월급날이면 월급을 고정비 통장과 투자 저축 통장으로 분류하고 나머지는 저수지 통장으로 보내는 제로섬 게임을 신나게 즐겼다. 일 년 중 가장 적은 돈으로도 살 수 있게 나를 단련했다.

주말부부이기에 대출이자 내는 큰 집은 사치라 생각하여 2012년에 구축 24평 아파트로 이사했다. 그 당시는 지금처럼 원리금 상환이 아니라 3년간 이자만 내던 때였다. 100만 원 내던 이자가 줄었다. 돈이 더 잘 모이니 신났고 날개를 단 것 같았다. 이미 연초에 예산을 미리 정해놓았으므로 차질 없이 월급의 70% 이상을 저축할 수 있었다. 예산 안에서 쓰면 되기에 옷을 살 때도, 여행을 갈 때도 돈 걱정은 하지 않았다. 저축하는 건 자연스러웠고 절약이 힘들다고 생각한 적 한 번도 없이 감사하게 돈을 모았다. 돌발적으로 큰돈이 들어가야 하는 건 저수지 통장에서 쓰고 틈틈이 채웠다. 카드 혜택이 있는 건 카드로 사고 선납했다. 나에게 할부란 없었다.

미리 물건을 사고 뒤늦게 카드 결제하는 건 미혼일 때 해봤다. 그때는 월급 받는 날에 카드값으로 돈이 빠져나가면 통장에 잔액이 거의 없었다. 주부가 되고 예전과의 차이점은 돈에 대한 주도권을 가졌다는 것이다. 과거의 나는 월급날이면 기쁨도 없이 휘둘렸지만, 지금은 오롯이 월급날을 맞이하고 있다. 다행인 건 미혼일 때 친정엄마에게 강제이체했던 매달 100만 원이 60개월 동안 누적되어 엄마 덕분에 저축의

위력을 알게 되었다.

구축 소형 평수 아파트로 이사하면서 나의 첫 새집은 오른 시세로 전세를 줬다. 그사이 새 아파트를 또 분양받고 첫 집은 2015년에 좋은 가격으로 매도했다. 그동안 절약하며 알뜰히 모아놓은 돈과 합쳐서 나의 두 번째 새집으로 이사했다. 일시적 2주택자의 절세 효과를 누렸다. 소소히 투자도 했다. 실패도 있었지만, 경험을 얻었다.

나는 가치관에 기반한 극한의 절약과 만족도 높은 소비 안에서 균형 잡는 법을 터득했다. 여행과 경험에는 투자하고, 옷이나 화장품 같은 꾸밈비는 아꼈다. 배달 음식과 외식은 아끼고, 유기농 재료에는 투자했다. 살아오면서 자산은 증식되어도 나의 가치관에 기반한, 몸에 밴 소비 습관은 크게 달라지지 않는다. 내 인생에서 '해냈다'라는 느낌이 드는 최고의 사건이라 할 수 있다. 5년의 장기 프로젝트였다. 운도 따라줬지만 내가 열심히 모으며 살았다고 자부한다. 내 행동이 무언가를 이루어간다는 '느낌'이 중요하다. 성취감은 자존감을 세워주고 행복과 직결된다고 나는 확신한다.

독서 인생을 살면서 잘하는 일과 좋아하는 일 중에 뭘 해야 하는지, 그토록 찾아 헤매던 나만의 답도 정립해간다. 좋아하는 것만 하는 게 아니라 일단 내가 해야 할 일에서 재미를 찾는 태도이다. 해야 할 일을 재미있게 하다 보면 잘하게 되고, 잘하게 되면 자신감이 생긴다. 그때 작은 성취를 쌓아 올리면 더 좋아지고, 그 행위를 꾸준히 하다

보면 실력자가 된다. 나의 아이들이 이런 태도를 갖길 바란다. 해야 하는 일에서 재미를 찾고 다양하게 시도하면서 성취감을 맛보길. 그렇게 자신감을 가지고 살아가길.

사실은 괜찮은 내 인생

15년 만에 만난 새 생명

··

조칠순

우리 부부가 결혼한 지 15년이다. 걱정이 없는 부부다. 그런데 한 가지 소원이 있다. 둘 사이에 예쁜 아기가 생겼으면 하는 소망이다. 둘이 사이는 좋다. 밖에 나가면 다른 사람들이 가족과 함께 다니는 것을 보면 무조건 부럽다. 애가 생겼어도 셋은 생겼을 시간이다. 그런데 임신이 되지 않았다. 평상시에는 무속인이 하는 말 믿지 않는 사람이다. 그런데 얼마나 간절했던지, 용하다는 무당을 찾아갔다. 무당이 삼신을 받으면 아기를 가질 수 있다고 해서 처음으로 삼신도 받아보았다. 북 치고 꽹과리 치며 대라는 것을 잡았다. 처음 잡아 보는 거였다. 종이를 가위로 잘라 나뭇가지에 걸었다. 그리고 그것을 손에 잡고 있으니 신기하게 내 손에 잡은 대가 흔들렸다. 잘은 모르지만, 삼신할머니가 있어야 아기가 생긴다는 말을 들은 기억이 있다. 그렇게 정성을 다했지만 아이는 들어서지 않았다. 절실한 마음으로 절에서 백일기도 드렸다. 제천에 유명한 절이 있다고 해서 소문 듣고 찾아갔다. 전날 부처님

전에 올릴 과일을 가지고 절에 도착했다. 정성을 다하는 마음으로 새벽에 일어나 부처님 앞에 정성을 다해 불공도 드렸다.

이렇게 여러 가지 다 했다. 아이가 생기지 않았다. 사람들이 좋다는 것은 어느 정도 해보았다. 전국적으로 유명한 한약방 찾아다녔다. 한약도 먹어보고 침도 맞아보았고 병원도 다니고 그런데도 아이는 소식이 없다. 신을 원망해보기도 했다. 말이 15년이지 주변에 아이 가진 사람, 배가 부른 주부 보면 부러워서 멀거니 바라보기도 했고 마음속으로 자포자기도 하면서 왔다 갔다 하는 마음을 주체할 수 없었다.

어느 날 막내 남동생이 우리 집에 왔는데 어설프게 보였다. 뭔가 숨기는 것 같기도 하고, 하고 싶은 말이 있어도 감추는 것 같았다. 알고 보니 막내 올케가 임신을 했다. 그런데 내 앞에서 말하기 어려워했다. 가족들도 내 눈치를 보는 것 같아 마음도 아팠다. 그렇게 부러울 수가 없었다. 부러워만 할 수 없었다. 나도 무엇이라도 해봐야지 하고 다시 병원에 다니기 시작했다. 주위에서는 15년이면 이제 임신하기 어려우니 홀트 아동복지회에서 입양을 권하기도 했다. 대전에 있는 홀트 아동복지회다. 서류심사를 받았다. 절차가 꽤 복잡했다. 심사 마치고 아이를 데리러 가는 도중 남편이 차를 휙 돌렸다. 말없이 돌아서 차를 운전하는 남편의 심정, 나의 깊은 마음과 동병상련이다. 말리지 못하고 다시 돌아가는 심정 그 누가 알 수 있을까? 우리는 그렇게 아이를 바라고 기대했다.

다시 기도하는 마음으로 병원에 다녔다. 서울에 있는 차병원이다. 이 병원에서 시험관 아기 도전을 시작했다. 예전에도 다녔지만 실패했다. 그러나 다시 마음잡고 시작했다. 입양은 언제든 다시 할 수 있다. 더 중요한 것은 포기하지 않는 마음이다. 남편도 많이 지원하고 도와준다. 우리 두 부부는 같은 마음으로 병원에서 하라는 것 다 했다. 이번이 마지막이라고 생각했다. 간절한 마음 절실한 마음은 하늘도 알아준다고 했던가, 드디어 임신이 되었다. 병원에서 피검사를 했다. 수치가 높다고 한다. 임신했는데 수치가 높은 것은 쌍둥이일 확률이 높다고 했다. 웬일인가. '하나도 아니고 쌍둥이'란다.

그런데 어느 날 몸이 좋지 않아서 화장실에 가보니 피가 살짝 비추었다. 걱정이 되어 병원에 전화했다. 내일 병원에 오라고 한다. 다음 날 검사를 받았다. 쌍둥이였는데 하나가 잘못되었다고 한다. 너무 놀라 정신이 없었다. 겁도 났다. 어떻게 한 임신인데, 두 아이라서 기쁘고 행복했었는데. 신이 고생은 시켰지만, 선물을 가득 준 줄 알았는데 청천벽력 같은 소식에 정신을 차릴 수가 없었다.

그런 마음 잠깐이다! 난 다시 눈을 크게 뜨고 정신 차렸다. 그리고 마음을 잡았다. 한 생명이 아직 내 안에 있다. 정말 중요한 순간이다. 남편과 나는 내 안에 있는 소중한 아이 건강하게 잘 지켜서 출산해야 한다고 생각했다. 청주에 내려와서 조심, 또 조심했다. 위험한 시기는 지났다며 청주에 있는 병원으로 다니라고 한다. 충북대학교 병원에 다

넜다. 어렵고 힘들게 생긴 아기다. 나에게 천사가 왔다. 지금 배 속 아이에게 집중했다. 드디어 열 달이 되었다. '자연분만' 하고 싶었지만, 갑자기 의사 선생님이 진료 보던 중에 수술해야 한다고 한다. 아기가 태를 감고 있어 위험하다고 했다. 그날 수술해서 선영이가 탄생했다. 아기인데 얼굴이 너무 하얗고 예뻐서 오고 가는 의사 선생님, 간호사 모두 18년 후의 미스코리아가 태어났다고 축하해주었다. 그날 병실에 꽃바구니가 얼마나 많이 왔던지 꽃집 개원했냐고 할 정도였다. 행복했다. 기뻤다. '야호!' 소리치고 싶었다. 15년의 설움과 아픔이 주마등처럼 흘러갔다.

살면서 가장 기쁜 일은 15년 만에 어렵게 얻은 나의 천사 선영이의 탄생이다. 남편과 나는 선영이 낳고 서로 볼을 꼬집어볼 정도로 실감이 나지 않았다. 여기저기 전화를 돌리고 시댁과 친정에서 사람들이 축하해주러 왔다. 이 기쁨은 말로 표현할 수가 없다. 살면서 가장 잘한 일은 잠시 포기했던 시험관 아기를 용기 내어 다시 도전한 일이다. 만약에 다시 도전하지 않았더라면 지금 이렇게 예쁜 선영이를 만날 수 있었을까? 다시 용기 내게 해준 동생한테 고맙다는 말을 꼭 하고 싶다. 한 날은 아기 낳았다고 집에서 곰국 끓이다가 다 태웠다. 탄 냄새와 연기로 아파트 사람들 불났다고 소리 지르고 난리 났었다. 웃으며 해결했다. 곰국이 문제냐, 선영이가 태어났는데. 누가 소리를 지르든 상관이 없었다. 나에게는 하나뿐인 나의 딸 선영이가 선물처럼 15년 만에 내게로 와준 것이다. 선영이 덕분에 항상 감사하는 마음을 지니

사실은 괜찮은 내 인생

고 살고 있다. 힘든 일이 있어도, 고난과 고통이 찾아와도 선영이가 옆에 있으니 다 해결해 나갈 자신감이 있다. 예쁜 선영이를 보내주신 하나님 아버지, 감사합니다.

2cm

..

김신애

"유아교육과에 가고 싶어."

고3 여름방학, 적당한 대학과 적당한 학과를 찾아 아빠 앞에서 작은 목소리로 말했다.

"안 돼, 그거는"이라는 무서운 대답이 돌아왔다. 내 인생의 커다란 결정과 진로 앞에서 당당하지 못했다.

'역시! 아빠 말을 듣길 잘했어!'

이런 생각을 종종 하며 2년 동안 대학 생활을 했다. 아빠는 취업하기에 문제없을 전공일 거라 하시며 대구 영진전문대 '신재생 에너지 전기과'에 나를 입학시켰다. 인문고교에서 포기했던 성적은 2년제 대학에서 허무하게 높은 성적을 받았다. 게다가 여학생의 비율이 100명 중 5~6명인 그곳에서 어색한 주목을 받았다. 마주치는 사람들마다 나를 궁금해하며 긴장한 나에게 먼저 말을 걸어주고 웃어주었다. 자신감 없던 구부정한 자세가 당당한 자세로 바뀌었다. 호감으로 다가오는 사람들에게 자연스러운 웃음으로 답했다. 칙칙했던 인상도 밝게 펴졌다. 20살 나이에 실제 키가 2㎝나 자랐다. 화려하고 중독적인 외적 동기들로, 위험한 가짜 자존감도 2㎝만큼 자라났다.

학교 안에서 존재감이 넘치던 2학년 여름, 갑작스럽게 대전에 있는 대덕 연구단지의 한 연구소에 덜컥 취업이 되었다. 정신을 차려보니 연구소 기숙사에서 먹고 자고 있던 나였다. 간절함과 노력 없이 내 책상과 의자가 생겼다.

연구소에서는 운전에 능숙한 나를 바랐고, 편입을 해서 고학력을 가진 나를 원했다. 내 발에 맞지 않는 신발을 신은 기분이었다. 점점 그리워지는 학교생활과, 영어로 대화하시던 박사님들 사이에서 위축되던 나. 2㎝만큼의 자존감이 허무하게 무너졌다. 그로부터 1주일 뒤, 나보다 못난 사람이 단 한 명도 없던 그 대전 연구소를 도망치듯 빠져나왔다.

이후 두 번째 면접에 합격했다. 반도체 회사인 SK 하이닉스로, 4조 3교대로 근무하게 되었다. 우리 부서는 여자만 총 20명 가까이 되는 곳이었다. 신입의 임무는 선배들과 최대한 빨리 친해지는 것이다.

임무를 받은 나는 처음으로 누군가와 친해져보려 노력했다. 나보다 더 빠르게 적응하는 동기들이 부러웠다. 꽁꽁 얼어버리는 내 몸과 입술이 원망스러웠다. 상대방을 알아가는 데는 충분한 시간이 필요하다는 것을, 조급하고 긴장한 신입사원이 알 리가 없었다.

　대학 시절에는 나에게 호감 가진 사람들만 만나왔다. 나를 싫어하는 사람은 안 보고 안 만나면 그만이었다. 나에게 관심 없는 사람들과 어울리는 법을 전혀 몰랐다. 내 마음처럼 가까워지지 않는 선배들과의 관계는 회사 업무보다 더 어려웠다. '이런 걸 사회생활이라고 하는구나.' 내가 싫으나 좋으나 잘 어울려야 하는 곳이 사회다. 22살 신입사원의 어리숙함으로 2㎝만큼의 자존감이 바닥나기 시작했다.

　함께하는 시간이 쌓이자 선배들과도 자연스럽게 가까워졌다. 신입시절의 조급함과 불안감이 가라앉자 문득 대학 시절 갖지 못한 전기산업기사 자격증이 떠올랐다. '합격'과 '내 이름이 박힌 자격증'으로 인정받고 싶었다. 기숙사 화장대에 앉았다. 화장품 대신 노트북과 두꺼운 자격증 책들을 쌓아놓고 강의를 들었다. 3교대 근무에 맞춰서 스케줄을 짜고 포기하지 않았다. 학창 시절에는 한 번도 해보지 않았던 오답노트와 암기노트를 만들어서 공부했다. 디데이를 써 붙여가며 하루도 빠짐없이 공부했다. 시험 날짜가 다가와도 불안하거나 초조하지 않았다. 빨리 공부한 것을 확인해보고 싶은 설렘을 즐기고 있었다.

　시험 날 당일 아침, 택시를 타고 도착한 시험장. 배정받은 교실에 앉아 앞뒤로 처음 보는 사람들을 의식했다. 나는 그날 중요한 사람이 되었다. 좋은 예감은 나를 합격으로 이끌었다. 나의 첫 번째 작은 성공이다. 하지만 교대 근무와 자격증 시험에 혹사당한 내 몸은 폐결핵에 걸리고 말았다.

24살이 되던 해에 결핵에 걸린 몸으로 충북대학교 편입 면접을 보았다. 학력에 대한 미련 때문일까, 길게 고민하지 않고 편입을 했다. 11알의 결핵약을 입에 털어 넣고 강의실로 뛰어갔다. 강의가 끝나면 야간 근무 출근을 해서 밤새 일을 했다. 아침 일찍 퇴근 후에 고카페인 커피를 보약인 양 소중히 챙겨 들고 강의실로 향했다.

시험 기간에는 수면 시간을 4시간으로 줄여도 시간이 모자랐다. 회사 근무 시간과 자투리 시간을 활용해서 시험 범위를 암기했다. 이렇게 여유 없이 촘촘한 환경이 나를 더욱더 열정적으로 만들었다. 내가 배우고 싶은 전공은 아니었지만 무엇이 되었든 배우는 것이 즐거웠다. 칠판을 쳐다보는 내 눈빛이 너무 무섭다며 옆자리에 앉은 언니가 놀렸다. 그 놀림마저도 내 열정을 인정받는 느낌이라 싫지 않았다.

장학금을 놓치지 않으며 26살 겨울이 왔다. 부모님께 전화를 걸어 졸업식 날짜와 장소를 알려드렸다. 태어나 처음으로 뿌듯하고 벅찬 졸업을 했다. 당당하게 부모님과 가족들 사이에 서서 졸업식 사진을 찍었다. 나의 두 번째 작은 성공이다.

나의 자존감 2㎝는 주변 사람들의 관심이나 자격증과 대학 졸업장에 박힌 내 이름이 키워준 게 아니다. 기숙사 화장대에서 자격증 공부를 하던 시간과 최선을 다해 시험공부를 했던 내가 만들어냈다. 첫 번째 성공에 이어 두 번째 성공까지 맛보며 나도 모르는 사이에 새로운 자존감 2㎝가 자라났다. 불안했던 나의 자존감은 남들의 시선과 평가가 아니라 내가 도전했던 시간과 열정이 나를 인정해주었을 때 자라났다.

　나의 욕구와 감정을 알아차리고 스스로를 격려하게 되었을 때 뿌리가 자라나 단단히 자리 잡았다.

아이들과 함께 성장하기

..

윤은순

아들이 일곱 살 때였다. 엄마인 나를 거부한다. 아들은 영특함을 보여주는 아이였다. 호기심 많고 궁금한 것은 끝까지 물고 늘어지는 아이였다. 그런데 나를 거부하는 듯한 말을 하고 고집을 부린다. 언젠가부터 나와 말하기를 싫어했다. 누구보다 사랑하는 아들이다. 뭐가 잘못되어가고 있는지 이해되지 않았다.

우연한 기회에 YWCA에서 진행하는 아동 상담사 교육을 알게 되어 저녁 시간에 공부하러 다니기 시작했다. 이때 대전에서 강의 오셨던 강사님이 운영하는 상담실에 아들을 데리고 상담을 받으러 갔다. 충격적인 사실을 알게 되었다. 뭔지 모르게 호기심 많고 영리하다고 생각했던 아이 지능이 156이란다. 지능지수 평균이 100인데 156이라니 놀라웠다. 상위 0.03% 이내 지능을 가진 아이다.

내 시각으로 아이를 대하고 내 틀에 가두려고 했던 것이 문제였다. 내가 엄마에게 그토록 하고 싶었던 말을, 아들은 행동으로 한다. 내가 변하기 시작하였다. 아들과 딸을 대하는 생각을 바꾸려고 배웠던 상담 이론을 적용해보았다. 때마침 상담 선생님께서는 청주교대 영재교육원이 있다는 것을 알려주었다. 정답이 없는 창의적 문제로 시험 보는 테스트를 통과해 아들은 영재교육원에 선발되었다. 초등학교 3학년부터 중학교 3학년까지 매주 토요일 영재교육원 물리반에 다녔다. 영재교육원에 다녀온 날이면 눈빛이 더욱 반짝였고 신나게 조잘거린다. 호기심 많고 책 좋아하던 아들은 영재교육원에서 원하는 호기심을 해결한다. 물리학과 교수가 되는 꿈을 꾸게 된 것도 이때부터였다. 아들의 진로에 영향을 미치게 되는 계기가 만들어진 셈이다. 인본주의에서 말하는 '인간의 자기실현 경향성'에 빠져들었다. 아들의 성장과 변화는 자연스럽게 내 성장으로 이어져가고 있었다. 이런 아들을 내틀에 가두려 했다니 지금 생각해도 아찔하다.

아동 상담사 교육을 받을 때의 일이다. 필독서인 『딥스』라는 책을 읽었다. 교사의 인내와 사랑으로 아이가 성장하는 이야기이다. 세상에 마음을 닫아버린 아이 마음의 문을 열게 되는 이야기이다.

아들의 변화와 함께 나도 달라졌다. 내 안의 틀을 하나씩 깨기 시작했다. 내가 그토록 엄마에게 원했던 것을 아이들에게 실천하려고 정말 많이 노력했다. 상담 공부는 내게 많은 영향을 주었다.

한번은 아이들에게 말했다. "엄마는 너희들에게 좋은 엄마가 되고 싶은데 너희들이 원하는 엄마가 아닐 수도 있다. 엄마도 살아온 세월이 있어 잘되지 않는다. 너희들이 말해주면 고치려고 노력해볼게"라고 말했다. 그 이후 아이들은 의사 표현을 참 잘한다. 나의 솔직한 자기표현을 아이들도 자연스럽게 따라 한다. 상담 공부가 나에게 얼마나 큰 영향을 미쳤는지 알 수 있는 작은 변화이다.

딸은 공부보다 친구를 더 좋아한다. 오빠처럼 원하는 것을 얻기 위해 고집부리지도 않는다. 심성이 따뜻하고 관계 지향적인 성격으로 친구들과 노는 걸 좋아한다. 이런 딸에게 필요했던 엄마의 빈자리를 채워주지 못한 미안함은 나를 괴롭힌다. 딸이 고등학교 다닐 때 좋지 않은 성적으로 수학 과목을 포기한단다. 앞으로 무엇을 할지 생각해보자고 했다. 딸은 집에서 놀 때 무언가 만들기를 좋아했다. 독특하고 기발한 아이디어가 많은, 창의적인 아이였다. 며칠을 고민했는지 미술대학에 진학하겠다고 한다. 상담 공부에서 배운 대로 아이 생각을 충분히 들어보고 존중해주었다. 미대 진학 준비가 조금 늦었으나 딸과 함께 입시 미술학원을 찾았다. 딸의 의견을 존중하고 늦은 만큼 열심히 실기 준비하기로 약속했다.

딸은 노력한 대로 수도권 대학은 아니지만 원하는 대학에 당당히 합격했다. 큰 어려움 없이 성장한 아이들이 고맙다. 그러나 내 공부하느라 챙겨주지 못한 미안함은 남는다. 아이들은 부모의 뒷모습을 보고 따라간다고 한다. 심리적 혼란을 벗어나고자 했던 엄마를 이해해주지 않을까 생각한다.

아이들 교육을 위해 시작했던 공부가 내 공부로 이어지는 시기도 이때쯤이다. 내게는 내 삶의 전환점과 같은 일이 또 하나 시작되었다. 옆집에 살던 아들 친구 엄마가 방송통신대학교 다니자고 한다. 같이 공부하자는 이야기는 그날부터 머릿속을 떠나지 않았다. 대학 공부를 다시 시작해보고 싶었다. 아이들에게 좋은 엄마로 살아보고 싶었다. 교육과 입학을 결정하였다. 남편에게 공부하겠다고 선언했다. 남편은 "거기 졸업하기 힘들다고 하던데 졸업할 수 있을까?"라고 한다. 그러나 나는 입학원서를 썼다. 대학 새내기 생활이 시작되었다. 아들이 초등학교 1학년이고 딸이 유치원 다니던 때이다.

첫 출석 수업을 위해 방송통신대학교 충북지역대학에 갔다. 강의실 안에 있는 학생들은 일반 대학생들 모습이 아니었다. 20대 학생부터 연세 지긋하신 어르신 학생까지, 학생들은 좀 특별했다. 학교 공부와 멀어졌던 내가 다시 교수님들 강의 듣고 서술형 시험을 치러야 하는 부담감이 있었다. '졸업할 수 있을까' 걱정하던 남편의 말이 떠올랐다.

그러나 뜻이 있으면 길이 있다고 했던가. 출석 수업받을 때 나보다 어려 보이는 어떤 학생이 스터디 함께 할 사람을 모집한다고 한다. 혼자 공부하기 막막했던 나는 참석하기로 했다. 스터디 모임에 누구보다 적극적으로 참여하였다. 스터디 그룹 활동은 그동안 경험해보지 못했던 경험이 주어지는 활동이었다. 학교생활에서 드러나지 않았던 내 모습 하나를 찾아냈다. 스터디 팀장으로 나이 많은 팀원들에게 학습자료 준비하여 나누고 시험 준비를 도와주었다. 스터디 활동으로 나뿐만 아니라 팀원들도 우수한 성적을 받았다. 전원이 장학금을 받을 수준이었다. 서울 본교에서 시행했던 '스터디 경진대회'에 참가해 동상을 수상했다. 온라인 팀이 아닌 대면 스터디 팀으로는 최고의 수상이다.

스터디 경진대회 수상으로 얻은 자신감은 교육과 학회장을 맡는 것으로 이어졌다. 나는 공부하는 주부, '공주'였다. 충북지역대학 교육과 학회장으로서 학생회 전국 활동에 아들과 딸을 데리고 다녔다. 아들은 "우리 엄마 의지의 한국인이야"라고 엄마를 자랑스러워한다. 나는 그렇게 아이들과 함께 성장하는 엄마였다.

부자 되고 싶어서 재테크에 눈뜨다

..

김도영

커다란 벽이자 장애물이 하나 있다. 그게 바로 남편이다. 남편은 걱정이 많은 부정의 아이콘이다. 특히 '집'에 있어서는 더하다. 집을 사야 한다고 하면 남편은 무시하는 말투로 이렇게 말한다. 헛꿈 꾸지 말고 애들이나 잘 보라고. 더 이상 말을 하지 못하게 한다.

내 생각으로는 과연 월급을 모아서 언제쯤 살 수 있을까? 계산이 나오지 않는다. 월급만으로는 어림도 없다. 집에서 살림만 하면서 수없이 생각을 해보았다. 이렇게 대책이 없이 살 것인지, 아니면 뭐라도 해야 할 것인지. 그래서 나는 도서관에 가서 책을 읽었다. 재테크에 관련된 책들을 보고 부동산 카페에 가입했다. 그리고 부동산에 관한 내용들을 공부하기 시작했다. 유튜브도 보고 서점에도 가서 내가 모르는 부분은 책을 사서 읽었다. 부자나 성공한 사람들 보면 수입만 가지고 살지 않는다. 주식, 부동산에 투자한다. 가만히 있어도 돈이 굴러가게 만드는 것이다.

사실은 괜찮은 내 인생

나는 재테크 중에 주식은 하지 않는다. 남편이 주식으로 여러 번 손해를 본 경험이 있기에 안전한 투자를 선호한다. 나는 지금도 '주' 자만 보면 예전 기억이 떠오른다. 결혼 생활을 통해 나에게는 선생님이 생겼다. 나를 성장시켜주는 남편이 반면교사이다.

결혼할 때 회사에서 전세 대출을 받아 13평 주공아파트에서 살았다. 5층에 살았기에 1층부터 꼭대기까지 계단을 올라가야 했다. 아이를 가지고 막달에 가까워져도, 시장에라도 다녀오면 물건을 들고 낑낑대며 올랐다. 남편이 사고 친 덕분에 보증금이 날아갔다. 나는 그 순간부터 '집'에 집착했다. 그래서 더 절실하고 간절했다. 남편은 그런 나를 이해하지 못한다. 유난 떤다고 한다. 어쩌다 운이 좋아서 돈 번 것이라고 말했다. 아내는, 여자는 그저 남자가 시키는 일만 하기를 바란다.

남편과 모델하우스에 가는 중이다. 밖으로 보이는 아파트 단지들 보면서 왜 우리 식구 살 아파트 하나 없을까 혼잣말을 했다. 평형별로 구경하고 모형도를 보고 나왔다. 남편이 "남의 집만 보냐, 살 것도 아니면서"라고 한다. 보는 눈을 키우다 보면 공부가 된다고 말했다.

남편한테 말하지 않고 모델하우스에도 다녔다. 책도 꾸준히 읽었다. 내용이 이해가 가지 않아도 그냥 읽었다. 강연도 서울까지 가서 듣고, 어느 날은 부동산 카페에서 하는 경매 강의도 들었다.

임장도 했다. 빨간 벽돌로 지어진 빌라다. 사람이 사는지 우편물 확인도 하고, 옥상에 올라가서 방수 처리는 되어 있는지 등을 살펴보고 동네 부동산에 가보았다. 시세 확인도 했다. 낙찰은 받지 못했다. 명도하기가 덜컥 겁이 났다. 좋은 경험이라 생각했다.

나에게 맞는 투자처를 찾아보기로 했다. 어느 날 생각지도 못했는데 '몸테크'를 하게 된 경우다. 위치가 좋은 곳에 미분양이 된 거다. 모델하우스에 가서 모형도, 커뮤니티센터, 단지 내 시설도 살펴봤다. 맘에 들었다. 갑자기 맘이 조급해졌다. 저층과 인기 없는 타입이 남아 있다. 남편한테 사정했다. 반응이 없다. 가계약금을 먼저 걸어놓고 생각해보자고 설득을 했다. 남편은 "돈도 없고, 분양가도 너무 비싸다" 한다. 분양가보다 오를 거니까 해보자고 했다. 답을 하지 않는다.

나는 화가 났다. 해보지도 않고 미리 걱정만 한다. 의견을 나눌 수 없으니 답답했다. 다음 날 회사 갔던 남편이 전화했다. 본인도 하고 싶은 마음 있었던 것 같다. 모델하우스 가보자고 한다. 나는 속으로 '만세!'를 외쳤다. 맨 앞 동 저층에 스티커 딱지를 붙이고, 가계약금 백만 원을 이체하고 나와서 아파트가 지어질 현장에 갔다. 2년 반이면 입주다. 집으로 가는 길에 계약금 이야기를 했다. 마이너스통장에서 빼서 하기로 하고 결론을 내렸다.

드디어 입주다. 대출을 풀로 받아서 입주할 수 있었다. 너무 좋았다. 우리 가족 보금자리가 생겼다. 물론 방 한 칸 빼고 다 은행 거다. 남편은 이 집에서 평생을 산다고 한다.

나는 다시 투자처를 찾기 위해 공부 중이다. 임장도 해보고 몇 해

사실은 괜찮은 내 인생

가 지났다. 2015년 세종시 강변에 지어지고 있는 아파트에 관심이 생겼다. 골조는 다 올라가서 내부 공사와 단지 내 조경을 하면 되는 곳이다. 한참 국책사업을 하고 있는 곳이기도 했다. 나는 이번에도 남편을 설득해야 하는데 벌써부터 지치는 듯하다. 그래도 해야 한다. 드라이브를 가자며 호수 공원에 있는 카페에 남편을 데리고 갔다. 바로 맞은편 강 건너에 지어지고 있는 아파트였기에 말하기 수월할 거라 생각한 거다. 차를 마시며 이야기를 꺼냈다. 얼굴색이 바뀐다. 피곤하다고 집에 가자고 한다.

일단 후퇴했다. 말없이 몇 주가 지났다. 대화하다 다투게 되었다. 나는 자본주의의 흐름에 대해 말했다. 남편은 왜 힘들게 사냐고 한마디 했다. 우여곡절 끝에 부동산에 미리 연락해서 피가 저렴한 물건을 찾아달라고 해놓고 남편이랑 몰래 계단으로 옥상까지 올라갔다. 탑층이라 조용하고 강이 보여서 탁 트였다. 결정하고 가계약금을 걸고 집으로 돌아왔다. 이제 계약금과 피 값을 마련해야 한다. 남편은 한 번 해봐서 그런지 마이너스통장, 보험대출로 하겠다고 한다. 계약 날 부동산에 갔다. 남편은 안절부절못했다. 나는 혹시 파기할까 봐 불안했다. 다행히 시간이 많이 지체되었다. 드디어 계약했다.

그런데 뉴스에서 같은 건설사가 부실로 지은 서울 아파트 이야기가 돌아서 남편은 매도한다고 부동산에 전화를 걸고 흥분했다. 손님이 있다고, 계약을 한다고 부동산에서 전화가 왔다. 나는 포기할 수 없었다. 내부 공사만 하고 조경만 하면 입주고, 건설사가 돈이 없는 회사가 아니니 완공할 수 있다고 큰소리를 쳤다. 말하고 나니 내가 건설사 대변인 같았다. 하지만 어쩔 수 없었다. 그래서 결국에 위약금 사백만 원을 물어주고 나서야 일단락 되었다.

입주가 가까워지고 있다. 살고 있는 집을 미리 내놨다. 실거주자들은 싼 집만 찾는다. 나는 조금이라도 더 받고 싶은 마음이고, 심리전이다. 두 군데 부동산에 내놓았다. 부산 쪽에서 손님이 이사 올 집을 찾는다고 해서 보여주고 기다렸다. 그런데 맘에 든다고 하더니 다른 곳도 보고 오겠다고 해서 나는 가격을 깎아준다고 해서 성사가 된 경우다. 운이 좋았다. 2억 2천에 분양받아서 3억 3천에 매도했다. 2016년 가을 입주를 했다. 남편은 직장이 멀어서 힘들고, 나는 작은아이를 학교에 데려다줘야 하는 상황이다. 2번째 '몸테크'가 시작되었다.

남편이 회사가 멀어서 힘들다고, 회사 근처로 이사 가고 싶다고 한다. 3년이 넘었다. 그래서 다시 매도를 하려고 부동산에 내놨다. 그때 회사 근처 아파트 산단 특공으로 당첨이 되었다. 그런데 입주 시까지는 들어갈 수 없어서 입주를 하고 있는 아파트를 알아보다가 매물이 있어서, 피가 싼 걸 사서 이사를 했다. 남편은 얼굴 표정이 밝아 보인다. 웃는 날이 많아졌다. 회사가 가까워져서 좋다고, 열심히 회사와 집을 오가고 있다. 남편은 이제 정착을 하고 싶어 하는 눈치다. 나도 맘은 그러고 싶지만 어쩔 수 없다.

이제야 살림살이가 조금 나아졌다. 아이들에게 짐이 되기 싫고 어떻게든 생활비, 병원비 등이 필요하다. 무슨 일이라도 생기면 대처할 수가 없다. 나는 그만큼 내 집에 대해 간절했다. '몸테크'를 한 덕분에 집이 생긴 것이다.

내 인생의 아름다운 날들

··

마서희

남편이 열심히 일해준 덕에 결혼 14년 만에 드디어 집을 장만했다. 어려운 가정 형편에 어디에도 기댈 데가 없던 우리 부부는 정말 열심히 일했다. 남편은 아이들 졸업식을 한 번도 가보지 못했다. 남편이 하는 일은 납기 기간이 짧다 보니 본인만 바빴다. 그래도 돈 버는 재미에 나이 먹는 것도 모른 채 남편은 40에서 50대를 보냈다. 무뚝뚝하고 자상하지 못한 남자였지만 그것이 남편의 가족 사랑 방식이라는 것을 알기에 나는 힘든 날들을 버텨낼 수 있었다.

그 많은 콤베아가 전국으로 끝도 없이 나갔다. 남편은 회사 바닥에서 박스를 깔고 자면서 일만 했다. 집에는 일주일에 하루 정도 왔다. 나도 같이 일하다 보니 회사 사정을 알기에 남편에게 잔소리하기도 힘들었다. 아이들은 돈으로 때울 때가 많았다. 의도하지 않았지만 물밀듯 들어오는 주문 소화하느라 정신없는 날들이다. 다른 데를 바라볼 겨를도 없었다. 현장에 일손이 달릴 때 나도 같이 현장에서 일했다. 회

사실은 괜찮은 내 인생

사에서 내가 할 수 있는 모든 것을 했다. 장부 관리, 현장 일, 업체 택배 보내는 일, 자재를 공급해주는 일 등이다. 이렇게 부부가 노력하고 정성을 기울인 덕에 37세에 내 집을 장만했다. 꿈같은 일이다. 아이들 크기 전에 집 장만이라는 꿈을 이루었다.

집을 사서 인테리어를 했다. 처음 집을 샀을 때 주방 싱크대 대리석이 검은색이었다. 마음도 어두워지는 것 같았다. 그래서 싱크대를 흰 대리석으로 바꾸었다. 바닥도 체리색이었다. 대리석과 비슷한 상아색으로 바꾸었더니 분위기가 달라졌다. 화장실, 도배, 천장의 등, 그리고 아이들 방 이렇게 바꾼 날이다. 아이들이 새집에 들어오더니 방문을 열고 환호성이다. 우리와 함께 자던 아들에게도 방이 생겼다. 새로 사준 벙커 침대에서 뒹굴며 좋아하는 아들을 보니 웃지 않던 남편도 함박웃음을 짓는다.

구름 위를 걷는 기분이다. 일만 좋아한다고 구박하던 나였다. 일 좋아하는 남편 덕에 서른일곱 나이에 집 장만하게 되었다. 전셋집 살 땐 명품 가방으로 재고 싶었다. 집을 장만하고 나니 작은 것에는 관심이 생기지 않았다. 주말이면 거의 남편은 일하고, 나 혼자 아이들을 데리고 놀러 다녔다. 나는 그것이 남편을 위하는 일이라 생각했다. 시댁 행사도, 친정 행사도 거의 모든 행사에는 아이들을 데리고 갔다. 잘 다니다가도 가끔 화가 머리끝까지 오르면 "내가 과부냐"라고 소리쳤다.

내 사정을 잘 모르는 이웃은 남편이 돈만 잘 벌면 된다고 오히려 나를 부러워했다. 그러면 나는 내 형편이 되어보지 못한 사람들에게 굳이 설명하고 싶지 않았다. 그저 그렇다고 말했다. 막둥이 아들은 오직 엄마밖에 몰랐다. 껌딱지처럼 나한테 붙어 있으려고 했다. 지금은 나보다 훌쩍 커버린 막내를 볼 때면 그때가 그립다. 모든 걸 엄마가 해달라고 떼쓸 때 귀찮기도 했는데, 왜 그때는 그걸 몰랐을까 싶다. 어릴 때는 40만 넘어도 인생 다 산 사람처럼 보였는데 내 나이 50이 가까이 오니 가끔 내가 이만큼 나이 먹었다는 것에 놀란다. 아직 마음은 10대 때 마음 그대로인데 언제 이만큼 나이를 먹었는지, 세월의 빠름에 깜짝 놀라기도 한다.

이제 너무 커버렸다. 나보다는 또래들과 게임하고 놀러 가는 것을 더 좋아한다. 저를 키워준 할머니보다 나를 더 좋아하는 하나밖에 없는 아들. 내가 좀 더 일찍 정법 공부를 했다면 많이 사랑해주고 더 좋은 모습 보여줄 수 있었다. 그렇게 키우지 못해서 아쉽고 안타까웠다. 아들은 사랑 많이 받고 인내심과 견디는 힘이 큰 사람이기를 바란다. 그리고 자신보다 타인을 중요시하는 이타심이 있는 사람이기를 기대한다.

갑자기 집이 날아갈 뻔했다. 건설사가 하청업체에 결제를 해주지 않아서이다. 내용은 이렇다. 우리 아파트 이름은 해모로이다. 분양 후 5년 가까이 살아온 우리에게 난데없이 집을 경매 처분당할 위기가 생겼

사실은 괜찮은 내 인생

다. 내 집 마련의 꿈을 이룬 지 겨우 5년 만에 내 꿈의 전당을 잃을 뻔했다. 우리 아파트는 한진중공업이 재건축해 2011년 준공한 아파트이다. 문제가 발생한 것은 광명6동 재건축조합이 정비용역을 맡긴 업체에 진 빚으로부터 시작되었다. 2008~2011년 아파트를 짓던 당시 재건축조합은 용역업체에 15억 원의 용역비를 지불하지 않았고, 업체 대표는 지인에게 15억 원을 빌리며 조합에서 받기로 한 채권을 보증서로 넘겼다.

이후 업체 대표가 채무를 갚지 않자 채권자들은 보증서를 빌미로 소송을 제기했다. 조합과 아무 관련 없는 일반 분양자들의 집이었다. 그럼에도 총 아홉 가구 중에 다섯 가구는 채권자를 어렵게 찾아서 사정했다. 우리가 건설사 대신 돈을 갚을 테니 경매를 풀어달라고 했다. 다행히 채권자 마음이 움직였다. 그리고 경매를 풀어주었다. 이렇게 어렵게 집에 얽힌 경험을 쏟아낸 이유는, 우리처럼 어렵고 힘들게 마련한 집이 건설업자 농락에 빠질 수 있기에 이 경험을 공유한다.

앞만 보고 달리다 보니 다양한 경험이나 공부가 없었다. 그저 당할 수밖에 없는 상황이었다. 이번에 겪은 사건은 나를 성장시키기 위한 시련이었다. 이 시련을 겪고 일밖에 모르던 우리 부부는 많은 것을 깨닫게 되었다. 돈을 투자하거나 어떤 일을 시작할 때는 알아보고 들여다보고 또 물어보고 해야 하는 것이다. 서류 한 장의 실수로 어렵게 장만한 집도 날릴 뻔했다.

일 좋아하는 남편 덕분에 얻은 우리의 보금자리가 기쁨도 주었고 슬픔도 느끼게 해주었다. 인생도 이와 마찬가지다. 신은 공평하다. 다 주지 않는다. 이런 일을 통해 깨달음을 준다. 어려운 일이 생겼다고 실의에 빠질 필요가 없다. 문제가 무엇인지 적어보며 해결안을 찾으려는 행동이 중요하다. 첫째, 좋은 일 있을 때 너무 좋아하지 말라. 항상 지나치게 기쁜 일은 질량의 법칙으로 인해 어려운 일도 함께 겪게 된다. 둘째, 나쁜 일이 있다고 너무 슬퍼하거나 낙담하지도 말라. 인생은 고해 속에 답이 있다. 어려움과 고통 겪으면서 배우는 것의 가치가 크다. 담담하고 신중하게 잘 해결하면 우리가 집을 놓치지 않은 것처럼 위기에서 벗어날 수 있다. 셋째, 어떤 상황보다 중요한 것은 그 상황에 대한 해석과 나의 반응이 소중하다. 위기가 왔을 때 낙담만 할 일이 아니다. 해결점을 찾아 분석하고 고민하고 나누다 보니 아파트 사람과도 좋은 인맥이 되었다. 이 세 가지를 통해 나같이 어려움 겪은 분들에게 작은 희망을 던진다.

나는 남편을 사랑한다. 단지 일밖에 모르는 건 함께 사는 사람 숨막히게 한다. 빵만으로는 살 수 없다. 부인인 내가 원하는 방식, 남편이 원하는 것, 함께하고 싶다. 산책도 하고 영화도 보고 여행도 하면서 그동안 일하느라 못한 남편에게 충전을 해주고 싶다. 함께 즐거움을 누리고 싶다. 내 마음을 이 공저 책으로 남편에게 전달할 것이다.

나를 '기숙이'라고 부르는 사람들

..

우기숙

나를 '기숙이'라고 부르는 사람들이 있다. 숨바꼭질할 때 어린아이가 자기 눈만 가리고는 다 숨었다고 하며 찾으라고 하던 그런 순수한 시절, 꿩이 숨었다고 머리만 박고 꼬리는 내놓은 것 같은 모습을 하고 있던 시절의 사람들 말이다. 이때의 동심은, 계산하지 않고 있는 모습 그대로를 바라봐주고 사랑해주며 서로 친밀한 관계를 맺게 한다. 그 시절 우리는 누군가의 이름을 부르며 놀았고, 나 또한 '기숙이'로 불렸다. 구수하고 정감 어린 이름으로 말이다. 문득 나를 '기숙이'라고 부르는 사람들을 떠올려본다. 부모님과 형제들, 학창 시절 친구, 선생님들, 그리고 친척들이 생각난다. 그 후론 선배님, 선생님, 권사님, 지연이 엄마로 불렸다. 새롭게 만나는 사람들 속에서 '기숙아'라고 부르는 사람은 주위에서 없어졌다.

나를 '기숙이'라고 불렀던 사람들은 오랜만에 만났어도 서슴없이 내 이름을 불러준다. 마치 그 옛날의 시절로 돌아간 것처럼 날 과거로 데리고 간다. 삶 속에서 고단했던 하루도 '기숙아'라고 불러주는 그 따스한 말 한마디에 위로가 되고 정서적 허기가 채워진다. 아마도 내가 다시는 돌아갈 수 없는 시절이기에 그리워서 더 그런 것 같다. 코로나 이후 힐링, 치유라는 말이 많이 대두되고 있는 요즘이다. 걸려 온 전화 너머의 '기숙아'란 말 속에서 느껴지는 다정한 부드러움은 날 충분히 기분 좋게 한다. 어느 정도 연륜이 묻어난 목소리와 웃음 띤 모습으로 불러주는 그 온기 있는 부름은 언제나 위로와 치유를 겸하여 서로에게 더 깊게 다가간다. 이름을 불러주는 사람이 많을수록 행복한 사람이 된다.

오랜만에 보은에 사시는 은사님을 찾아뵙게 되었다. 고교 시절 수학 선생님이셨고, 난 그 선생님 덕분에 수학을 전공하게 되었다. 선생님은 85세로 현재 치매를 앓고 계셨다. 멀리 서울, 분당 사는 친구들과 벌써 몇 년째 생신날이 되면 함께 찾아뵌다. 그런데 작년엔 점심을 약속한 12시에 식당에 오시지도 않고 전화를 아무리 해도 받지 않으셨다. 선생님이 정한 식당이었다. 결국 1시에 나타나서는 1시 아녔냐고 천연덕스럽게 말씀하신다. 우린 선생님이 바르다고, 우리가 잘못 알았다고 하며 자연스럽게 여고 시절 이야기를 끝없이 나누다 왔다.

선생님은 오래도록 교직에 계셨는데 그중에도 우리와 함께한 시절이 가장 뜻깊었다고 말씀하신다. 사모님은 선생님께서 우리를 만나 행복한 기억을 더듬으시며 치매가 더디 진행되기를 바라시는 것 같다.

지난번엔 "시골 밥상 한번 드셔보세요"라며 손수 밥상도 차려주셨다. 선생님은 나를 만나면 친근하게 "기숙아"라고 불러준다.

선생님은 한쪽 귀가 잘 안 들리셔서 어떤 때는 사모님과 더 많은 담소를 나누다 돌아오기도 한다. 만날 때마다 우리는 선생님에게 우리의 이름으로 불리며 재롱 아닌 재롱을 떨다 마음으로 울며 돌아온다. 선물한 옷을 입고 좋아하시며 잠시 벗어놓았다가는 "사진 찍게 다시 입으세요, 선생님!"이라고 하면 "이거 내 거 아니야"라고 말씀하신다.

각자가 선생님과의 평생 잊지 못할 가슴 설레었던 추억이 있기에 우리는 감히 그분을 '우리들의 우상! K 선생님!'이라고 부른다. 올해엔 그간 찍은 생신 사진으로 작은 앨범을 만들어드렸더니 무척이나 기뻐하셨다.

고교 시절 난 키가 작아 맨 앞줄에 앉았다. 그런데 믿거나 말거나지만 그분이 수학 필기 시간에 내게 조용히 다가와 이렇게 말씀하시는 게 아닌가.

"기숙아! 너 이다음에 크면 꼭 미스코리아 나가렴."

선생님의 이 말에 그때부터 난 오로지 수학만 공부했다. 실력 있는 선생님이셨기에 공책에 쓴 그분의 판서 내용을 처음부터 끝까지 토씨하나 안 틀리고 몽땅 다 외웠다. 그 덕에 난 수학을 곧잘 했고, 수학교사가 되었다. 선생님의 그런 작은 관심들로 우리들의 각자 진로도 정할 수 있었다. 선생님과의 잊지 못할 추억들을 하나씩 선사했다.

선생님은 성품도 참 좋으셨다. 10대인 우리에게 언제나 존댓말을 쓰시며 수업을 해주셨고, 늘 우리를 향해 여유 있는 미소를 띠고 계셨다. 그때 우리는 존중받고 있다는 느낌을 받았다. 그런 선생님이 흔치 않던 시절이었다. 선생님은 퇴직 후엔 사모님과 함께 우리나라의 유명한 산 100곳을 오르시며 그것을 책으로도 쓰셨다. 보은 문학지에 글, 시도 많이 남기신 멋진 스승이시다. 코로나 직전까지도 복지관에서 유머 강의, 한문 강의도 하셨다. 이제 아이가 되어가는 선생님이시지만, 선생님을 기억하는 제자들로 인해 치매도 늦춰지고 조금이나마 행복한 노년이 되었으면 좋겠다. 우리 곁에 오래도록 계시기를 바란다.

또 얼마 전엔 멀리 대구에서 온 친구 H를 근 40년 만에 동창회에서 만났다. 학창 시절엔 꽤 친했는데 대학 진학 후 연락이 끊긴 친구다. 그러나 우리는 금방 "기숙아!", "H야!"라고 부르며 눈물까지 글썽였다. 그는 두 자녀도 훌륭히 키웠고 수필로 등단한 작가가 되어 있었다.

어느새 우리는 이야기가 무르익어 같이 세종시에 사는 양가 친척 중매까지 이야기하는 데 이르렀다. 비록 불발은 되었지만, 같이 글을 쓴다는 것과 신앙생활을 한다는 건 40년을 뛰어넘은 공감대를 형성하기에 충분했다. 마치 든든한 내 편을 하나 만난 것 같았다.

마지막으로 내 이름을 불러주는 친구이다. 중고교 시절 난 친구 따라 잠시 교회에 다녔다. 그 시절엔 교복을 입고 다녔는데 나의 교복 입은 모습에 반해 날 좋아하게 됐다는 친구다. 그는 대학 시절 선교사 도움으로 미국으로 건너가 치과 의사가 되었다. 미국에서 진료하다 한국에 돌아왔다고 했다. 우연히 교회 동문 모임에 갔는데 날 보며 "기숙아! 기숙아!"를 연발하는데 난 도저히 그가 누군지 몰랐다. 웬 모르는 아저씨가 날 보며 이름을 부르는데, 나 아닌 누구 내 옆의 다른 사람을 부르는 줄 알고 난 계속 주변을 두리번거렸다. 그는 어떻게 자기를 이렇게 모를 수 있냐며 빙그레 웃었다.

난 미국 의사라는 것도, 그리고 같이 교회를 다닌 일도 처음에는 의심스럽기만 했다. 이제 만난 지 약 10년 정도 지나다 보니 가끔 모임에서 그가 '기숙아'라고 부르면 그때처럼은 덜 어색하게 느껴진다. 그 시절 그와 난 한마디 말도 같이 나눠본 적은 없지만, 그가 부르는 '기숙아' 속엔 그만의 추억의 시간이 묻어 있다는 게 아닐까. 믿을 만한 치과 의사를 옆에 둔 것에 감사하며 살고 있다. 그가 부르는 '기숙아'는 참 자연스럽고 친절하다. 한편으로 그 친구에게 듣는 '기숙아'는 익살맞게 들린다.

목소리를 듣고 있으면 그 사람의 나를 향한 마음이 느껴진다. 같은 '기숙아'라도 언성을 높여 부르는 것과 차분히 부르는 것은 참 다르다. 오래된 포도주 맛처럼 깊은 곳에서 울려 나오는, 마음의 소리까지 헤아려지는 '기숙아'는 들으면 들을수록 달콤하며 참 평안함을 준다. 나는 상대가 잘되길 바라는 마음을 담아 그 이름을 불러주는 사람이었는지 생각해보았다. 그리고 마음속으로 하나둘 그 이름을 불러본다.

　서로가 서로에게 헌신하며 기꺼이 상대를 위해 시간을 내주며 이야기에 귀 기울여주는 사람이 많을수록 그의 삶은 더욱 풍성할 것이다. 내 이름을 불러주는 소중한 친구들, 그리고 스승님, 부모님, 친척분들 모두에게 감사하며 나 또한 그들에게 기쁨이 되어드리고 싶다. 그들이 있었기에 지금의 내가 존재하며 내 삶을 인내하고 성찰해가며 꽃피울 수 있었다. 함께 울고 웃을 수 있는 나를 '기숙이'라고 불러주는 그들이 있음에 난 행복하다.

첫사랑과 끝사랑을 만나다

..

유보미

'그대 오직 그대만이 내 첫사랑! 내 끝사랑!' 하는 김범수의 노래가 있다. 그러다 문득 '나의 첫사랑과 끝사랑은…' 하고 생각 우물에 빠져 본다.

나는 첫사랑 하면 설렘과 동시에 얼굴이 후욱 달아오른다. 발만 동동 구르던 그때 내 모습이 떠오르기 때문이다. 나에게 있었던 첫사랑 이야기 시작한다. 내 첫사랑은 2014년 9월 26일, 준비도 없이 그 아이와 만났다. 바로 나의 첫째 딸이다. 엄마들은 아이를 낳고 난 후 처음 본 내 아기, 세상에 나를 믿고 와준 아기가 예뻐서 입이 다물어지지 않는다. 꼬물꼬물 다섯 개의 손가락이 이상이 없나 살펴보기도 하고 우는 소리가 정상인가 다른 아이와 비교도 했다. 배냇짓할 때 너무 신기하다. 그 모습 보고 남편과 고개를 돌려 맞대고 웃기도 했다.

태어난 지 얼마 안 돼 배꼽이 떨어질 시기가 되어도 배꼽이 떨어지지 않았다. 의사가 병실에 들어오더니 염증성 문제가 생겨 작은 시술을 해야 한다고 한다. 병원에서는 흔한 일이고, 시술도 어렵지 않은 일이라고 했다. 그런데도 난 내가 뭘 그렇게 잘못했나 싶어 어쩔 바를 모르고 눈물만 쏟아졌다.

그렇게 초보 엄마의 생활이 시작되었다. 꿈과 열정만 가득했던 나는 아이에게 최선을 다했다. 나보다 먼저 아이의 상황을 살피고 내 밤은 잊은 채 아이의 수유 시간 챙기고 머리도 감지 못했다. 그렇지만 나는 모든 것에 서툴렀다. 수유 시간 놓치기, 기저귀 거꾸로 채우기, 아기 씻길 물 온도 못 맞추기, 배고픈 줄 알았더니 기저귀가 흠뻑 젖어 있었던 일. 지금 와서 생각해보면 웃음이 나고, 실수투성이 엄마였다. 그래도 그때 나는 아이에게 정성을 다했다고 생각한다. 후회는 없다. 엄마의 역할이 처음이었기에 놓치는 부분이 많았다. 아이에게 집중하며 관찰하고 관심을 가지며 하루하루 의미 있게 보냈다.

내 끝사랑은 도원이다. 하나밖에 없는 마지막 사랑이다. 육아가 어려워 둘째는 생각도 못 했다. 그 후 3년 만에 작은아이를 가졌다. 사랑과 육아의 닮은 점은 시작이 예쁘다는 것이다. 사랑을 시작했을 때는 풋풋함과 설렘이 가득하고 임신했을 때는 모두의 축복을 받으며 시작하니 행복하다. 내 끝사랑 도원이와의 만남도 그렇다. 모두의 축하와 격려 속에서 끝사랑을 시작했다. 임신 기간 들뜸과 행복, 격려 속에서 자신감을 가졌다.

사실은 괜찮은 내 인생

임신 중 성별을 듣게 되었다. 병원에서 큰아이와 성별이 같다고 했다. 그래서 첫째 아이 쓰는 아이 용품을 그대로 물려 쓸 생각에 크게 준비한 것은 없었다. 그러나 의사도 다 아는 것이 아닌 것 같다. 출산 중 듣게 된 반전 소식이 있었다.

"성별 뭐라고 들으셨나요?"

"딸이요."

"아들입니다. 축하합니다. 산모님, 후처치하겠습니다."

'어? 분명 딸이라고 했는데 아들이라니 이게 말이 되나?' 하는 생각에 아픔은 어느새 잊혀갔다. 성별 반전의 소식을 들은 양가 부모님도 꽤 놀란 눈치였다. 딸이라 생각했는데 아들이라니, 얼떨떨하면서도 내심 반가움이 느껴졌다. 그렇게 내 마지막 사랑이 시작되었다. 첫사랑이 어려웠던 탓에 끝사랑은 어렵지 않았다. 해왔던 대로, 해본 대로 하면 되었다. 수유 시간도, 기저귀 가는 것도, 병원 가는 일도 어렵지 않게 해결했다. 제법 둘째 엄마의 티가 났다. 당황스럽지만 괜찮은 척 잘 넘기는 여유도 생겼다.

둘째는 아침마다 옷 고르는 데 30분이다. 머리도 매일 스스로 드라이한다. 신기한 일이다. 말은 어찌나 안 듣는지 모르겠다. 또 아침에는 밥 대신 빵과 과일을 찾는다. 모든 게 다르다. 둘을 키우는 것이 처음이니 당황과 황당이 왔다 갔다 한다. 그러는 사이 아이들은 성장했다. 그런데 점점 아이가 크니 말을 듣지 않았다. 자기주장도 세지고 호불호도 확실하다. '어? 첫째랑 다르네. 둘째는 이렇게 생각하는구나?' 점점 나의 생각을 바꿔놓는 일들이 많아졌다. '첫사랑이 아직 끝난 게 아닌데 끝사랑도 쉽지 않구나!' 생각했다. 그래서 '어떻게 하면 좋을까?' 하고 멈추어 생각을 해보았다. 마음속에 질문을 나에게 던져보았더니 힌트가 있었다.

내가 첫애의 기준으로 둘째 아이를 보고 있었구나. 아이는 각각 다르므로 각각 존중해줘야 한다. 한 배 속에서 낳았지만 서로 다른 인격체이다. 당연한 것을 잊고 있었다. 엄마는 한 사람인데 도와주어야 할 사람은 두 명이다. 처음에는 받아들이기 힘들었다. 첫사랑과 끝사랑은 같을 수 없다는 사실을 아는데, 시간이 걸렸다. 내가 찾은 방법의 하나는 엄마가 행복해야 두 아이도 잘 양육할 수 있다는 것이다.

내가 행복할 수 있는 것을 먼저 찾아보자. 취미생활 하나 만드는 것도 좋은 일이다. 모든 관심이 아이에게 있기만 할 때와는 또 다른 시각을 가질 수 있어 넓고 큰 세상을 살아가는 데 도움이 된다. 그리고 또 다른 방법은 아이마다 성향을 살피고 공부하는 것이다. 새로운 시각으로 아이들을 보니 내가 놓치고 있던 부분도 있었다. 다양한 시각으로 보기 위해 다른 사람과도 소통하려고 접근했다. 나는 주로 유튜브와 육아 서적을 통해 도움을 얻었다.

두 사랑은 자주 나를 살아 있게 한다. 나에게 선물처럼 다가온 첫사랑과 끝사랑, 가끔은 남편도 질투한다. 나에게 있어 첫사랑과 끝사랑은 의미가 크다. 나라는 사람을 인정하고 더 나은 사람으로 만들어준다. 매일매일 엄마의 역할 덕분에 배우고 성장한다. 아직 부모로서 가야 할 길이 멀지만 나는 첫사랑과 끝사랑의 중심이다.

엄마로서 중심을 잡기 위해 잠든 두 아이의 얼굴을 바라보며 어떤 엄마가 되어야 할까, 골똘히 생각해본다. 오늘도.

가끔은 무서운 아내로 변신합니다

..

이선희

　머리 꼭대기에서 불이 번쩍 납니다. 진정되지 않는 마음입니다. 먹은 음식 체하기 딱 좋은 날입니다. 며느리 시집오기 전 상견례 날이지요. 두 가족이 모여서 맛있는 음식 먹으면서 아들과 며느리 칭찬 곁들여야 하는 날입니다. 장소는 청주에서 한식으로 유명한 도성 음식점입니다. 아이들 백일과 돌 행사도 하는, 제법 큰 한식당입니다.

　시간이 되니 사돈댁이 함께 도착합니다. 사돈네는 착실한 기독교인입니다. 아이들도 넷이나 되는 다복한 집입니다. 딸 셋에 아들 하나입니다. 바깥사돈은 공무원으로 정년퇴임하였고 안사돈은 아직도 일하면서 경제적 활동을 하는 분입니다. 나이도 저와 같습니다. 60년생 동갑내기입니다. 다른 집들 이야기 들어보면 사돈댁과 사이좋게 잘 지내는 분도 많습니다. 저도 그런 뜨거운 우정의 마음을 가지고 두 분을 만났습니다.

음식이 나왔습니다. 사돈 두 분 이야기가 정겹습니다. 안사돈보다 바깥사돈이 집 전체를 관장하는 듯 보였습니다. 서로 주고받으며 음식 맛있게 먹던 중이었습니다. 남편이 하는 말, "애들 집 공동명의로 해주었습니다. 요즘 애들은 다 그렇게 합니다."

그 순간 머리꼭지 돕니다. 저는 전혀 알지 못하는 일이었습니다. 요즘 젊은 사람들 그렇게 해주는 것 맞지요. 그런데 저와 의논은 해야 하는 것 아닌지요. 가슴이 뛰고 진정되지 않았습니다. 체면상 말할 수도 없는 상황입니다. 꾹 참고 음식을 입에 넣으니, 사약도 그런 사약이 없습니다. 마음속은 분노로 꽉 찼습니다. 상대의 이야기도 들리지 않았습니다. 머리만 끄덕여주면서 맞장구치고 상견례 마치기만 기다렸지요. 저녁 식사하고 차도 한잔 마셨습니다. 아이들은 먼저 일어나서 카페로 향했고 저희는 그곳에서 차 마시며 천천히 애들 이야기 나누었습니다.

저는 이 자리 박차고 일어나고 싶었습니다. 그 마음 누르고 앉아 있는데 고통이 따로 없습니다. 남편을 향한 분노는 하루 이틀에 쌓인 것 아닙니다. 항상 의논이라고는 하지 않는 사람입니다. 그러나 일생일대의 큰일, 자녀 집 마련해주는 일입니다. 의논 없이 자신의 마음대로 결정했다는 생각에 눈앞에 별이 번쩍거립니다. 30년 이상 함께 살았습니다. 최소한의 기본적인 예의, 상대 배려해주는 마인드가 있어야 한다고 생각합니다. 집에 도착했습니다. 그러나 마음속으로는 할 말이 아직도 정리되지 않았습니다. 무슨 말을 어떻게 해야 할까? 싸우고 싶지 않았습니다.

그동안 그런 일로 많이 다퉜습니다. 해결되지 않았습니다. 항상 변함없이 그 자리에 있는 사람입니다. 그런데 이 일은 도저히 용서되지 않았습니다. 그동안 함께 산 부인에 대한 기본 예의, 이해 전혀 없었습니다. 저는 일단 마음을 진정해야 한다고 생각하고 밖으로 나가서 걸었습니다. 그리고 영화관에 들어갔습니다. 영화도 눈과 귀에 들어오지 않았습니다. 화날 때 술 먹고 싶지 않았습니다. 걸어서 갔다가 걸어왔지요. 영문도 모르는 눈치 없는 남편은 갑자기 나갔다가 들어온 저에게 큰소리칩니다.

"말도 안 하고 혼자 어디 다녀와"라고 합니다. 그때 화가 풀리지 않은 저는 그동안 참은 육두문자 다 나옵니다. 대표적인 예로 "나하고 30년 넘게 살았으면서 부인 공동명의는 고사하고 아들네 집 공동명의도 의논을 못 해!" "나는 뭐냐" 하며 소리 질렀습니다. "의논을 좀 해요. 의논하면 귀신이 잡아가냐고!"

소리 지르자, 남편이 슬금슬금 일어나 밖으로 나갑니다. 저는 따라 나갔습니다. 각각 차로 남편은 도망가고 저는 끝까지 쫓아갔습니다. 그런데 회사에 갔는데 남편 차가 없습니다. 한편으로는 화와 흥분으로 꽉 찬 내 마음, 이러다가 사고 날 수 있다고 생각하고 진정했습니다. 저는 집으로 돌아왔습니다. 그동안 하지 못했던 말 다 했습니다. 많은 일 참고 인내했습니다. 이해도 많이 했지요. 시아버님 일찍 잃고 잘못한 일 가르쳐줄 어른이 없는 사람입니다. 그렇다고 요즘처럼 멘토가 있는 것도 아니었지요. 남편도 외로운 사람입니다. 90% 이상은 맞추어준다고 생각하며 함께 살아냈습니다. 그런데 이번 사건은 그냥 둘 수 없는 일입니다. 한 번은 생각에 주파수 걸어야 한다고 생각했지요. 이런 일이 있고 나서 한 달은 입을 닫았습니다. 눈도 마주치지 않았습니다. 그냥 남편도 밉고 이런 대우 받는 저도 싫었습니다.

그렇게 한 달 있다가 남편 동기 모임에서 여성들만의 여행을 출발했습니다. 설악산 1박 2일입니다. 남편은 말하지 않아도 약간의 눈치를 보면서 원주까지 태워다줍니다. 원주에서 모여서 기차 타고 속초에 도착했습니다. 여자들끼리 여행이 가장 재미있습니다. 저는 즐겁지 않았지요. 아직도 해결되지 않은, 미해결 과제가 있는 상태에서 출발한 여행입니다. 그러나 지인들 덕분에 설악산 울산바위에도 올라가고, 신흥사 절도 들르고, 케이블카도 탔습니다.

그리고 속초 횟집에서 먹는 회 맛은 둘이 먹다가 한 명이 없어져도 모를 정도로 싱싱하고 맛있다고 하네요. 저만 입이 씁니다. 제법 얼큰하게 취하니 속에 있는 고민 실타래 풀립니다. 그런데 다른 분들의 마음은 알 수 없습니다. 모두 자신의 문제가 가장 크니까요. 그냥 들어만 줘도 고마운 일인데, 친하다고 생각한 분이 들어주지 않고 조언을 하네요. 나의 기분으로 주변 사람이 평화롭지 않다는 말입니다. 그 부분이 답답합니다. 이럴 때는 그냥 '상대가 어떤 마음인지 들어주면' 고

맡지요. 이것도 내 생각이지요. 그냥 들어주는 마음이 그리웠습니다. 약간의 불편한 마음으로 여행을 마무리했네요.

남편이 원주로 다시 데리러 왔습니다. 그 순간도 얼굴 보지 않았습니다. 청주에 도착했지요. 얼마 후 전화 왔습니다. 남편이 집 보러 가자고 청주시 흥덕구 송절동 우미린으로 데리고 갔습니다. 분양은 끝났고, 20층 이상 집이 세 채 남아 있습니다. 남편이 나에게 층수는 고르라고 했지요. 저는 층은 남편에게 고르라고 했습니다. 남편은 가장 높은 곳 27층을 골랐습니다. 그리고 집문서는 나의 명의로 해주었습니다. 엎드려 절 받은 격입니다. 집을 원한 것이 아니라 의논을 원했습니다. 그러나 미안한 마음 증명해주었습니다. '미안해, 앞으로 당신에게 먼저 의논할게.' 이렇게 말해주는 사람 아닙니다.

집이 생겼습니다. 현재 4년째 살고 있습니다. 저는 이렇게 생각합니다. 가까이하기에 가장 먼 사람이 가족입니다. 서로 귀하게 여기고 배려하는 마음이 있어야 평생 함께할 수 있습니다. 물론 집 명의 때문에 화가 난 일은 아닙니다. 그렇지만 가족에게 중요한 일은 아내에게 먼저 의논해야 한다고 생각합니다.

집 사주었다고 부부 갈등 다 해결된 일 아닙니다. 36년을 함께 살아냈습니다. 이곳에 아내의 권리 분명히 있습니다. 상대가 알아주지 않을 때, 아내가 싫어하는 행동 자주 벌일 때 강경한 태도가 필요합니다. 남편에게 어떤 대우 받을지는 나의 태도에서 결정되기도 합니다. 그때 남편은 말합니다. 그 순간 아내인 제가 무서웠다고.

사실은 괜찮은 내 인생

3장

인생, 의미 하나

가족사진은 가족 역사이다

··

이상임

    2023년 7월 22일, 가족사진을 찍었다. 우리 5남매는 3년 전부터 가족사진을 계획하였다. 가족사진은 소중한 기록이 되어 추억을 공유하고 과거의 순간을 회상하게 한다. 가족이 어떻게 변화하는지를 비교하고, 성장과 발전을 확인할 수도 있다. 함께 찍은 사진을 보며 가족 구성원들 간의 사랑과 지지를 느낄 수 있으며, 가족의 중요성을 상기시킨다.

    나에게는 3장의 가족사진이 있다. 첫 번째는 8살 때 아버지와 엄마 그리고 내가 찍은 사진이고, 30년 후 엄마의 환갑 기념으로 16명이 두 번째 가족사진을 찍었다. 세 번째 가족사진은 25년 후에 23명이 모인 가족사진과 엄마의 영정사진을 찍었다. 1968년 5월 13일, 첫 가족사진을 찍은 날이다. 우리 가족은 강원도 진부면 송정리 '쌀메니 마을'에 살았다. 5일 장날, 진부 읍내 사진관에서 첫 가족사진을 찍었다. 단발머리에 주름 원피스를 입은 나를 중심으로 왼편에는 아버지, 오른편에는 엄마가 앉아 있다. 엄마는 미장원에서 올림머리를 하고 한복을 입었다. 아버지는 양복을 입고 이발소에서 이 대 팔의 가르마를 한 호남이다. 사진기 앞에 처음 앉아 보는 나의 모습은 긴장한 표정이다. 사진을 찍을 때 '펑!' 하는 소리에 놀라서 눈동자가 왼쪽으로 쏠려 있다. 아버지는 정면을 바로 보고, 엄마는 살짝 눈을 내려 보는 조숙한 모습이다. 사진 속에서 아버지와 엄마는 30대이다.

첫 가족사진에는 시련이 많다. 사진을 찍은 다음 해 여동생이 태어났다. 몇 년 후 아버지의 사업 실패로 인해 충주로 도피할 때도 가족사진은 함께하였다. 할머니가 땅을 사고 아버지가 흙벽돌을 찍어서 집을 지었다. 1970년에 새마을 운동이 시작되어 근면·자조·협동을 외치던 때였다. 새마을 운동은 아침마다 노래를 틀어 일찍 깨워 정화 사업을 펼쳤다. 우리 마을도 예외는 아니었다. 1972년에 남동생이 태어나던 해, 박정희 대통령이 10월 유신을 단행하면서 12월에 제8대 대통령에 취임하였다.

2년 후 여름에 닥친 충주 달천강 홍수로 방죽이 터지는 물난리가 났다. 그때 우리 집은 흙벽돌에 기와를 얹은 상태로 물에 잠겼다. 물이 빠지고 집으로 돌아왔을 때는 기와지붕만 바닥에 내려앉아 있었다. 물난리 속에서도 가족사진은 온전히 살아남았다. 지금도 선명한 상태로 보관 중이다. 당시 집을 잃고 움막에서 생활하면서 재건축을 준비할 때 대통령 부인 육영수 여사가 문세광의 총탄에 피살되었다.

우리 모두가 슬퍼하였던 기억이 난다.

두 번째 가족사진은 2009년 엄마의 환갑을 기념하여 찍었다. 그곳에는 아버지가 없다. 아버지는 50세의 젊은 나이로 15년 전에 우리 곁을 떠났다. 1984년 겨울, 나는 직장을 그만두고 1년 동안 재수를 하여 대학 학력고사를 보고 시험 결과를 기다리고 있었다. 아버지는 며칠 동안 고열에 시달리다 병원에 입원한 지 하루 만에 돌아가셨다. 사망 원인은 '유행성출혈열'이라는 병명이었다. 한순간에 가장을 잃은 가족은 혼란스러웠다. 나는 늦게 대학을 가보겠다고 직장을 그만두고 집에 와 있는 상태였다. 하늘이 무너진다는 것이 이럴 때 쓰는 말일 것이다.

덩그러니 남겨진 여섯 식구에게는 집 한 채와 빚만 있었다. 집은 직장 생활로 알뜰히 모은 돈으로 땅을 사고 아버지가 손수 지으신 집이다. 그 집에서 1년 정도 사시고 떠나신 것이다. 대학 등록금으로 마련한 돈으로는 결국 빚잔치를 하였다. 나는 다시 생계형 일터로 향하였다.

우리는 살아남기 위해 각자도생하였다. 동생들은 열심히 공부하고 나는 청주에서 직장 생활을 하며 식구들을 책임지는 가장이 되었다. 우리의 터전인 집은 팔지 않고 지키려 노력한 덕에 지금까지 몇 번의 수리를 하면서 살고 있다.

둘째 가족사진에 아버지는 없지만 5남매는 큰 의미가 있다. 어려운

시절을 이겨내고 모두 잘 성장하였다. 막내만 미혼이고 나머지는 결혼
도 하여 가정을 꾸렸다. 어느 정도 자리를 잡은 상태였다. 엄마는 혼
자의 몸으로 자식 교육과 생계로 고생하셨다. 가족사진은 가족의 성
장과 변화를 기록해 주는 우리 가족의 역사를 담고 있다. 또 아버지를
기억하고 추억을 연결해준다.

마지막 가족사진은 엄마의 85세 생신을 기념하여 25년 만에 찍었
다. 1세부터 85세까지 모였다. 이제는 증손까지 있는 대가족이다. 총
식구 28명 중 25명의 대가족이 모이게 되었다.

맏이인 나는 남매를 두었는데 모두 결혼하여 열 식구로 제일 많다.
둘째 여동생은 아들이 육군, 공군, 해군인 군인 가족인데, 둘째가 아버
지 사업 승계로 제대를 하였다. 셋째는 중소기업에 다니며 공주 둘과
알콩달콩 살고 있다. 넷째 여동생은 충주에서 양계 사업을 하고 있다.
막내는 내외가 S그룹 사원으로 수원에서 삼 남매 키우며 성실하게 가
정을 꾸리고 있다. 엄마는 주름이 늘었고, 나는 점점 엄마를 닮아 가
고 있다. 동생들도 모두 평온한 표정들이다.

가족사진은 우리를 뭉치게 한다. 가족이 결속하고 싶을 때 할 수 있
는 방법 중 첫째가 가족사진을 찍어보는 것이다. 대가족을 하나로 뭉
치게 하는 힘이 있다. 둘째는 가족사진을 찍은 이후 이종사촌 간에 교
류가 잦아졌다는 점이다. 서로의 안부를 묻고 삼촌들의 집을 방문하

고 숙모를 찾아가고 하는 화목한 모습이다. 셋째, 가족사진은 바쁜 삶 속에서도 가족에게 여유와 풍요로움을 준다.

가족사진 덕택에 우리는 서로 안부를 묻는다. 마음이 있으니 간단한 전화라도 주고받는다. 가족사진은 하나의 가족을 증명하고 결속을 하는 데 커다란 동기가 되었다. 자칭 행복한 가족이 되었다. 끈끈한 정을 나누는 사람들이 되었다. 사진 하나를 찍었을 뿐인데 마음이 하늘을 나는 것 같다. 다른 사람들도 가족사진의 감동을 함께 느껴보았으면 하는 소망이 있다.

사실은 괜찮은 내 인생

메멘토 모리, 지영아 보고 싶다

..

김진주

　적지 않은 나이에 대학에 들어갔으니, 오리엔테이션부터 입학식까지 바짝 긴장했다. 사교성도 부족한데 나보다 나이 어린 선배들에게 존댓말을 하라고 하니 자존심이 상해 과방에 가지 않았다. 다람쥐 쳇바퀴 돌듯 짜맞춰진 수험생활을 마치니 갑자기 주어진 자유를 어떻게 써야 하는지 몰랐다. 자유를 쓰는 방법도 주입식으로 배워야 할 판이었다. 공강도 많아 시간은 남아도는데, 갈 데는 없었다. 나이가 많다는 조급한 마음에 도서관에 주로 갔다. 사실은 도서관에 가는 척 시간만 축내던 그런 화창한 봄날에, 나에게 다가온 동생이 있었다. 아픈 가정사 때문에 술만 마시면 울던 지영이는 "언니, 언니, 우리 언니"라며 나를 기분 좋게 불러주고 좋아했다.

　여전히 봄이었던 그날도 일찍 마치고 할 일 없이 인터넷 서핑을 하던 오후였다. 싸이월드 미니홈피, 세이클럽, 아이러브스쿨 등 지금은 역사 속으로 사라져버린 SNS 셋 중 하나를 하고 있었을 게다. 지영이에게서 전화가 왔다. "언니, 나 남자 친구 생겼는데 우리 언니한테 제일 먼저 알려주고 보여주고 싶어서"라며 남자 친구를 바꿔줬다. 여자들을 설레게 할 중저음의 목소리였다. "오빠가 저녁 사준대요. 북문 앞 돈가스 가게로 와요." 항상 구내식당에서 1,000원짜리 밥을 먹던 우리가 가끔 특별 음식이 먹고 싶을 때 기분 내러 가는, 당시 우리에게는 고급 음식점이었다.

지영이의 남자 친구는 6살이나 많은 직장인이었다. 게다가 머리숱이 없어서 더 나이 들어 보여 놀랐다. 나의 놀란 마음이 들킨 건 아닌지. 웃으며 얘기를 했지만 지영이가 백 배는 아까웠다. 그랬던 지영이는 대학 생활 내내 장거리 연애를 했다. 2번의 임용고사에 합격하지 못한 채 25살에 이른 결혼을 했다. 결혼하고서도 매년 임용고사에 도전했지만 번번이 실패했고 가정주부로서 예쁜 아들 둘을 낳고 살았다. 그 당시 육아에 대한 얘기와 늦게 들어오는 남편의 얘기를 가끔 전해주었다. 친구들 모두 아가씨였기에 지영이의 결혼 생활은 미지의 세계였다.

내가 청주로 이사 온 해, 2013년이었다. 대학 친구 4명이 있는 단톡방에 메시지가 울렸다. "젠장, 나 암이래." 그 얘기를 듣는데 비현실적으로 느껴졌다. 암이라고 하면 나이 든 어르신들이나 걸린다고 생각했다. 대학생 때 '국화꽃 향기'라는 영화와 책을 봤다. 그 영화의 여주인공 장진영 배우가 이른 나이에 위암으로 실제로 세상을 떠난 소식을 들었음에도 내 주변에서 일어날 거라는 생각은 한 번도 해보지 않았다.

갑자기 들은 소식에 어떤 반응을 보여야 할지 막막했다. 메시지를 읽고 답장하지 않는 것도 이상하지만, 답장을 보낸다 해도 나의 진심이 당사자의 슬픔에 얼마나 위로가 될지 모르겠다. 입장을 바꿔 생각해보면 상상도 하기 싫은 일이기에 그 어떤 위로의 말도 생각나지 않았다. 지영이는 그 순간 어떤 말이 듣고 싶었을까? 이제 와서 생각해보면, 시간이 언제나 우리 곁에 있는 게 아니라는 걸 알게 되었기에 마흔을 넘긴 나는 마음의 얘기를 꾸밈없이 솔직하고 담백하게 말하고 싶다. 오래 보고 싶다고. 사랑한다고, 힘내라고, 힘들면 전화해서 다 털어놓으라고. 해줄 수 있는 것이 들어주는 것밖에 없어 미안하다고. 사랑하는 사람들과 솔직하게 마음을 표현해야 한다는 걸 알지만 경험 부족으로 여전히 어렵다.

지영이는 부산에서 항암 치료를 열심히 받았다. 가끔 나누는 단톡방의 메시지만으로는 지영이의 매일을 알 수 없었지만, 학교 다닐 적에도 꾸준하고 성실했기에 열심히 운동하고 치료받았을 거다. 시간이 흘러 2015년이 되었다. 그해는 남편도 암 수술을 받고 5년 만에 쌍둥이 임신도 됐고 분양받은 아파트에 이사도 한 특별한 해였다. 지영이도 차도가 있다는 좋은 소식을 들었다. 12월 크리스마스에 우리 집에서 파티를 하기로 했다. 울산에, 대구에, 부산에 흩어져 있던 단톡방 4인방은 큰마음 먹고 집들이 겸 청주 나의 집에 모였다. 쌍둥이 양말을 두 켤레 사 온 지영이는 좋아 보였다. 성별을 모르니 아들 둘 엄마인 자신의 바람을 담아 하늘색과 노란색 양말을 사 왔다. 우리 남편과 지영이는 건강하자며 함께 축배를 들었다. 언제 또 보게 될지 모르는 아쉬움을 남긴 채 다음 날 서로의 안녕을 바라며 아름다운 이별을 했다.

다음 해 2월에 암세포가 급속도로 복부까지 전이되었단다. 상세히 설명은 하지 않았지만, 전이가 심각한 듯했다. 나는 6월에 쌍둥이를 출산하고 모유 수유와 유축과 분유 먹이기 3종 경기를 해내며 정신없는 하루를 보내고 있었다. 모유 수유를 하면 잘 먹어야 한다는데 먹는 것보단 자고 싶은 욕구가 더 큰 날들이었다. 쌍둥이들이 100일쯤 된 9월 가을이었다. 나 빼고 3명은 부산에서 만난다고 했다. 지영이는 언니가 꼭 왔으면 좋겠다며 보고 싶다고 했다. 뒤숭숭한 내 마음은 스산한 가을의 공기 때문만은 아니었을 거다. 100일 된 쌍둥이들을 데리고 갈 수도 없고, 놔두고 다녀온다 해도 남편 혼자 쌍둥이 육아는 무리였다. 몇 시간마다 붓는 나의 젖은 어떻게 할 건가. 혼자 기차 타고 부산까지 갈 체력도 안 되었다. 여러 가지 이유와 핑계가 있었지만 왠지 지영이를 보면 마지막이 될 것 같아 외면하고 싶었다. 보지 않으면 지영이가 건강하게 오래 살 것만 같았다.

다음 해 1월이 되었다. 민정이가 "언니야, 쌍둥이 키우는데 힘들지만 지영이 좀 신경 쓰라" 했다. 그러고는 며칠 후 민정이가 울면서 전화했다. "언니야, 지영이가 하늘나라에 갔다…" 쌍둥이 중 한 명은 뒤에 업고 한 명은 앞으로 안고 있었다. 눈물이 펑펑 났다. 기저귀를 가는데 앞이 뿌예져 잘 보이지 않았다. '작년 9월에 쌍둥이 맡기고서라도 볼 걸.' 후회해도 소용없었다. 만나지 못한 여운은 슬픔이 되어 오랫동안 나를 힘들게 했다. 7세, 9세 아들 둘을 남겨 놓고 엄마 지영이는 뜨거운 여름에 태어나 서른여섯이 된 추운 겨울에 별이 되었다. 새벽에 무리해서 부산까지 갔다. 화장하기 전 누워 있는 어색한 지영이. 나무 토막처럼 딱딱해진 사람을 처음 봤다. 지영이라 그랬는지 무섭지 않았다. 16년을 봐온 지영이 남편은 "지영아, 잘 가"라며 얼굴에 키스했다. 여전히 나에게 비현실적이었던 그 장면은 슬프도록 아름다웠고 너무나 슬펐다. 올라오는 기차에서 다짐했다. 지영이에게 간절했던 일상을 허투루 살지 않아야겠다고. 나의 오늘은 지영이가 그토록 더 살고 싶어 했던 오늘이다.

몇 년 전 애니메이션 '코코'를 봤다. 이승의 세계에 있는 마지막 한 명에게라도 잊히면 저승의 세계에서마저 잊힌다는 내용이다. 감독과 작가는 저승의 세계를 축제처럼 설정했다. 그 애니메이션을 보니 우리 지영이도 내가 잊지 않는 한 거기서 즐겁게 잘 있을 거라는 생각이 들었다. 잊지 않을게. 그리고 네가 준 메시지 잊지 않고 네 몫까지 열심히 살게. 꼭 "언니! '우리' 언니!"라고 불러주었던 지영이의 콧소리는 여전히 생생하다.

대부분의 날들에는 지영이를 잊고 살아가지만 절대로 잊지 못할 지영이를 생각하면서 마음을 다잡는다. 과거의 후회나 미래의 두려움으로부터 자유로운 오늘, 지금에 충실한 인간이고 싶다. 가족들을 위해 하루라도 더 살고 싶어서 애썼던 지영이를 떠올리며.

사실은 괜찮은 내 인생

애터미 크라운 마스터가 되다

..

조칠순

2022년 1월 31일. 꿈에도 그리던 크라운 마스터가 되었다. 애터미는 직급 승진이다. 이제 정상 임페리얼 마스터까지 한 계단 오르면 된다. 여기까지 오는 데 긴 시간이 걸렸다. 14년 걸렸다. 그사이 많은 일이 있었다. 가장 기억에 남는 일 몇 가지 경험을 전하고 싶다.

내가 애터미를 시작한 것은 2008년이다. 신탄진에서 동생 성심이가 추천해준 인연 덕분에 여기까지 올라올 수 있었다. 힘들었던 기억을 꺼내본다. 나의 큰 장애물은 남편이었다. 애터미 구조를 잘 모르는 남편의 의식에는 다단계라는 편견이 깊게 자리 잡고 있었다. 애터미는 한 달에 한 번 1박 2일 세미나가 있다. 세미나 다녀올 때마다 남편과 대판 싸웠다.

"조칠순 애터미에 세뇌 교육 당해서 외박하면서 집에도 안 와."

"세뇌 교육 아니야. 한번 들어봐! 세뇌 교육인지 들어보고 말해." 우리 부부는 이렇게 큰 소리로 다투었다. 남편은 밥이 참 중요한 사람이다. 세미나 다녀오면 혼자 밥해 먹는 것 귀찮고 불편한 일이다. 그래서 불만과 불평이 많았다.

내 얼굴만 보면 "조칠순 밥 안 해주냐! 매일 돌아다니기만 하고." 남편은 심통을 부리고 왔다 갔다 한다. 긴 시간 교육받고 에너지 올리고 오면 남편의 잔소리로 에너지 다운이다. 그런 가운데에서도 계속 지속했다. 밤새 싸우고도 센터에 출근한다. 남편은 말릴 수가 없었다. 나의 성격은 차분하고 신중하다. 함부로 말하지 않고 화가 나면 침묵한다. 남편은 그런 나를 힘들어한다.

그렇게 버티고 견디고 한 계단씩 올라갈 수 있는 애터미다. 맨 처음 나의 직급 목표는 샤론로즈 마스터(국장)이었다. 내가 그만두더라도 국장님 소리는 한번 듣겠다고 결심했다. 그렇게 시작한 나의 성과는 직급 승진으로 가파르게 성장했다. 샤론로즈 마스터가 되어서 가장 좋았던 것은 승급 여행이다. 처음 여행지가 중국 하이난이었다. 부부는 무료이다. 한 사람 것만 조금 더 부담하고 출발했다.

가족이 함께 해외여행 간 것은 처음이다. 내 돈 주고 간 것이 아니라 더 행복하고 즐거웠다. 또 한 가지는 평범한 가정주부로 살다가 최고의 대우를 받은 것이다. 어깨의 뽕이 살짝 들어가고 기분은 황홀했다. 그때나 지금이나 승급 여행은 대우가 좋았다. 먹는 것부터 숙소까지 충분히 누렸다. 이것이 승급의 기쁨이다. 지금 생각해도 기분 좋았던 샤론로즈 마스터 승급 여행이 미소를 머금게 한다. 내가 애터미 사업 시작한 지 1년 후에 동생 조만순도 애터미를 시작했다. 나는 비교적 빠른 승진이다. 성격이 조급하지는 않은 사람이다. 다른 사람에게 제품을 전달할 때도 진정성 있게 좋은 제품 저렴하게 구입하도록 돕는다는 생각만 했다. 고객에게는 생활비 아껴주고 싶다는 마음으로 전달했다.

동생 만순이부터 시작해서 친정 식구들이 한 사람씩 애터미 사업을 시작했다. 조씨네 일가의 애터미 가족 사업이 되었다. 얼굴도 자주 볼 수 있었다. 미리 시작한 내가 동생에게 도움 줄 수 있다. 사업이 좋으니 소개했다. 친정 식구들과 함께 성장했다. 다른 사람들이 부러운 시선으로 우리 자매를 바라봤다.

다음 승급은 로열 마스터이다. 이때 여행은 가장 기억에 남는 유럽 크루즈 여행이다. 한 층에 7,000평, 총 13층으로 되어 있다. 꿈에만 그리던 곳인데 이렇게 승급으로 올 수 있으니, 이보다 좋을 수는 없었다. 동생 조만순 내외, 사위, 아들딸 다 함께였다. 이곳은 집에 돌아가고 싶지 않을 정도로 좋았다. 유럽은 초행이었고 배가 영화에서만 보던 타이타닉호처럼 크다. 배 안에 어마어마하게 큰 수영장이 있고 집라인, 영화관, 식당가, 뷔페 레스토랑, 바, 쇼핑가 등 한 아파트 단지를 옮겨놓은 것 같다.

'아휴!' 감탄사 연발하며 좋아했다. 저녁에 잠잘 때는 순항하며 이태리 로마 등 이름도 모르는 도시를 다녔다. 지금 생각해봐도 내 생애 최고의 순간이다. 잘은 기억나지 않지만, 한 사람당 프로모션으로 400만 원 정도다. 친정 식구가 함께하니 기쁨은 배가 된다. 이 여행에서는 정장을 입고 식당에 가는 날도 있었다. 그리고 한복 입고 가는 날도 있고 드레스 입고도 갔다. 배에서 트래킹을 하는데 한 바퀴 돌면 해 뜨는 것이 다 보인다. 하늘에서 내리쬐는 햇빛도 우리를 축하해주는 듯했다. 잊을 수 없는 추억의 크루즈 여행이었다.

2022년 1월 하반기에 내가 시작할 때 반기를 들었던 남편과 나란히 크라운 마스터로 승급했다. 공주 오롯 세미나장에서 승급식을 했다. 내 인생에서 가장 화려한 날이었다. 남편과 함께라서 더욱 기쁜 행사다. 주위의 많은 사람이 축하해주었다. 부러워했다. 딸이 결혼을 앞두고 있어 예비 사위도 와서 축하해주었다. 크라운 마스터 승급 여행이 아직 남아 있다. 내가 애터미 사업을 하지 않았다면 절대 있을 수 없는 일들이다.

어려운 고비를 넘길 때가 많았다. 처음에 반대가 심한 남편과 이혼 직전까지 갈 뻔했다. 나는 매달 진행되는 교육을 통해 비전을 보았다. 남편의 심한 반대는 1년 이상 지속되었다. 당신이 아무리 반대해도 나는 애터미를 할 것이다, 정 애터미 하는 것이 싫으면 이혼하자고 선언했다. 남편도 화가 났다. 이혼까지 결심한 나를 보고 남편도 회사가 궁금하다며 알아보았다. 자기가 알아보고 교육을 듣더니 자신도 해야 할 것 같다며 하던 일 그만두고 애터미로 들어왔다. 가장 큰 장애가 해결된 것이다.

같이 시작을 해보니 혼자 할 때보다 둘이 의논할 수 있어 좋을 줄 알았다. 그런데 의견 차이가 심했다. 서로 다른 성격 맞추는 데도 시간이 걸렸다. 지금은 가장 잘 협조해주는 사람이 남편이다. 기억에 남는 한 가지가 더 있다. 아는 사람들의 좋지 않은 시선, 편견이다. 밖에서는 따가운 시선을 받는다. 시선을 받는 순간 괴롭고 힘들다. 하지만 애터미에서 성공자가 되어 균형 잡힌 삶을 살아간다는 것을 알기에, 그것쯤은 하면서 잘 이겨낼 수 있었다.

세상에 어떤 일도 힘들다. 쉽게 이루어지지 않는다. 그것을 뛰어넘을 때까지 숨이 가쁘다. 그러나 그 시기가 지나면 혜택이 있다. 대가 없이 되는 일은 없다는 것이다. 거저 이루어지는 것은 그 어떤 것도 없다.

나중의 보상을 위해서 걷고 뛰고 달렸다. 지금 다시 예전으로 돌아간다고 해도 선택했을 사업이다. 내가 사랑하는 사업, 애터미 덕분에 매달 시스템 소득을 받고 사는 멋진 사업가로 살아가고 있다.

110동 1층 아줌마

··

김신애

철커덩, 커다랗고 노란 버스 문이 요란하게 닫힌다. 아침 9시, 나는 아이들과 헤어진다. 입꼬리에 힘주어 올리며, 야무진 선생님의 손길을 받아 안전벨트 매는 아이들을 바라본다. 투명한 창문을 사이에 두고 인사하는 중에 버스가 출발한다. 아이들을 향해 두 손을 흔들고 손하트를 날리며 힘껏 재롱을 떤다. 멀어져 가는 노란 버스를 향해 힘없이 손을 흔든다.

110동 1층 현관문 앞, '띠띠띠띠띠띠'. 매일 같은 시간, 같은 기계음이 내 검지 끝에서 흘러나온다. 기운은 없지만 가볍고 빠른 소리다. 내 몸이 집으로 들어가면 도어록이 잠긴다. 동시에 물속 깊이 잠수한 듯 소름 끼치게 고요하다. 소리가 흔적도 없이 사라졌다. 하지만 집 안 가득 아이들 냄새는 두둥실 떠다닌다. 먹다 남긴 아침밥 냄새, 아이들이 벗어놓은 실내복 냄새, 뚜껑이 제대로 안 닫힌 저 불소치약 냄새, 뚜껑 열린 로션 냄새. 숨 하나를 툭 던지며 소파에 몸을 던졌다.

혼자 집에 남은 이 순간에도 나는 내가 '엄마'라는 사실을 진하게 알아차린다. 내 손길을 기다리고 있는 집안일을 가볍게 무시한다. 직업은 가정주부지만 집안일은 뒷전이다. 긴장을 풀고 소파에 들어간다. 어젯밤 육퇴(육아 퇴근)하고 나서 새벽까지 보던 드라마를 이어서 재생한다. 어! 벌써 애들 올 시간이네. 큰 숨을 콧구멍으로만 내보내며 덤덤하려 애쓴다. 나는 그런 110동 1층 아줌마였다.

나는 소파에 늘어져서 넷플릭스라는 세계에 늘 빠져 있었다. 무기력하게 드라마에 빠져 살았지만 동시에 아이들 교육과 육아 정보는 모르는 것이 없어야 하는 극성 엄마이기도 했다. 어느 날 관심사인 '엄마표 영어' 알고리즘에 '케다맘'의 영상이 눈에 들어왔다. '케다맘'은 자녀 교육에 앞서 엄마부터 성장해야 한다고 외치는 유튜버다.

"엄마들! 자녀 교육을 위해서 엄마들이 자기 계발을 하셔야 해요!"

나와는 다르게 열정 넘치고 쾌활한 모습을 질투한다.

'애 키우기 바쁜데 자기 계발을 하라고? 그것도 돈까지 써가면서?'

바로 부정해보지만 그 순간 나는 정신이 든다. 나의 내면에서는 시간과 돈이 없다는 핑계로 미루던 버킷리스트의 '그것'이 나를 두드린다.

'그것'은 바로 나의 버킷리스트에 오랜 기간 세 들어 살던 '재봉틀 배우기'다. 무작정 대충 옷을 걸쳐 입고 차 시동을 걸었다. 설레는 마음으로 집 근처 공방에 들어갔다. 수강료와 수강 시간, 재료비에 대한 설명을 들으며 '이 돈을 주고 재봉틀을 배우는게 맞는 걸까?'라는 의심이 피어났다. 다른 공방에 찾아가 보아도 확신이 서지 않았다. 나의 도전을 가로막는 의구심이 마구 피어났다.

아이들 어린이집 하원 시간이 다가왔다. 곧 엄마로서 복귀를 해야 했기에 마지막으로 한 군데만 더 가보자 하며 마지막 공방에 들어갔다. 시간이 촉박해지자 '오늘이 아니면 다시는 시작 못 할 것 같다' 하는 생각이 들었다. 선생님에게 초급 과정 수강료 10만 원과 재료비를 결제하는 그 순간, 왠지 모르게 속이 후련하고 어린아이처럼 마음이 들떴다.

재봉틀 다루는 법을 배우고 간단한 가방 만들기부터가 초급 과정의 시작이다. 마음에 드는 원단과 실 색깔을 직접 고르고 도안을 따라 재단한다. 커다란 원단과 재료들이 처음부터 끝까지 내 손을 거쳐 가방이 탄생한다. '도도도도' 재봉틀 소리가 나의 도전을 응원했다. 재봉틀을 배운다는 며느리의 소식에 시어머니는 쓰시던 재봉틀을 흔쾌히 보내주시며 며느리의 도전을 응원하셨다. 나만의 재봉틀이 생기니 설레었다.

공방에서는 초급 과정을 배우는데 나는 고급 과정의 예쁜 결과물이 욕심났다. 빨리 초급 과정을 끝내고 아이들에게 선물할 수 있는 원피스나 소품들을 만들고 싶었다. 유튜브 영상을 찾아 따라 해보고, 재봉틀 커뮤니티에 댓글로 물어보면서 재봉틀 선행학습을 했다. 제대로 공방 선생님께 배운다면 금방 익힐 기술들도 인터넷 여기저기서 알아낸 스킬들로 시행착오를 겪었다. 완성을 코앞에 두고 순서가 뒤바뀐 사실에 뒤늦게 좌절했다. 허무했지만 차분하게 실을 한참 동안 모두 뜯어내고 처음부터 다시 만들기를 반복했다.

아이들이 어린이집에 가 있는 낮 시간은 물론, 밤늦은 시간까지 재봉틀을 돌렸다. 남편이 자는 방을 몰래 빠져나와 재봉틀을 돌렸다. 감기에 걸린 날에도 마스크를 쓰고 기침을 하며 재봉틀 앞에 앉았다. 완성되어가는 과정이 바로바로 보이기 때문에 조금만 더, 조금만 더 하며 시간과 에너지를 쏟아부었다. 옷을 입은 아이들을 상상하며 재봉틀을 돌렸다.

나는 재봉틀로 작은 가방부터 시작해서 아이들 오리털 점퍼까지 만들어 입혔다. 아이들에게 마음에 드는 색상과 패턴을 골라달라고 하고, 아이들의 치수에 맞춰 원하는 디자인으로 재단했다. 있는 시간 없는 시간을 모두 써가며 옷을 완성해나갔다. 체력이 나빠지고, 목도 뻐근하고, 손끝도 갈라지고, 눈도 침침해졌지만 내가 만든 옷을 좋아해주고 닳도록 입으니 그 뿌듯함은 말로 설명할 수 없다. 나는 계절이 바뀔 때마다 아이들 옷을 직접 만들어주는 110동 1층 아줌마다.

재봉틀은 미련 가득한 나의 버킷리스트 중 한 가지였다. 결혼 전에 해볼걸, 아기 낳기 전에 해볼걸 하며 해가 갈수록 버킷리스트가 줄어들지는 않고 늘어만 갔다. 온갖 핑계를 대며 피하고 미루기만 했다. 무작정 재봉틀을 시작해 보니 걱정이었던 돈과 시간은 만들어내면 되는 사소한 문제였다. 나에게 없던 것은 돈과 시간이 아니라 용기였다. 우연히 누군가의 한마디로 얻은 용기로 시작된 재봉틀은 110동 1층 아줌마를 깊숙한 소파에서 일으키는 계기가 되었다. 용기란 두려워하는 일을 하는 것이다. 두렵지 않으면 용기도 있을 수 없다. 앞으로 도전할 버킷리스트를 마주할 때, 두려움을 반갑게 맞이하며 설렘 가득한 용기를 낼 것이다.

사실은 괜찮은 내 인생

밀려오는 파도 앞에 선 '나'

..

윤은순

남편은 성주 이씨 19대 종손이다. 결혼할 때 엄마는 남편과의 결혼을 탐탁히 여기지 않았다. 결혼을 앞두고 남편은 내게 이런 말을 한다. "내가 잘못한 건 노력하겠지만 가족이나 집안에 대한 건 어쩔 수 없다." 결혼하면 고생 많이 할 거란 말을 했다. 그때는 몰랐다. 그게 무슨 말이었는지.

결혼 후 겪은 일련의 사건들은 남편이 한 말을 생각나게 했다. 시어머니가 남편처럼 의지한 사람이 내 남편이었다. 나는 어깨가 무거운 장남과 결혼했기에 시댁을 챙겨야 하는 사람이다. 큰시누 부부는 남편 대학 공부할 때 도움 줬다는 이유 때문인지 우리 생활에 끊임없이 간섭과 요구를 한다. 결혼할 당시 고등학생이던 시동생 하숙비 지출은 남편 월급으로 감당하기 힘들었다. 남편 회사는 대기업이지만 월급은 우리 넷이 생활하기에도 박봉이다. 우리 형편과 시어머니 요구 사이에서 이러지도 저러지도 못하는 남편이다. 아파트 베란다에 나가 담배

피우는 횟수가 점점 많아지고 있을 때였다.

　남편은 월급이 조금 더 많은 중소기업으로 이직했다. 남편 능력을 인정한 중소기업 사장이 스카웃 제안을 하여 옮긴 직장이다. 대기업 자동차 사출 분야에서 일하며 쌓은 기술력과 성실함을 인정했던 제안이다. 진천에서 자동차 부품 사출을 생산하는 중소기업으로 직장을 옮겼다. 남편은 회사 경영에 최선을 다해 근무하였다. 3년이 지나 사업 규모도 두 배 이상 커졌다. 그러나 중소기업에서의 월급은 여전히 넉넉하지 않다. 회사 사장이 제시했던 약속은 지켜지지 않았다. 나는 남편에게 '토사구팽' 되지 말자고 했다.

　이때부터 남편은 사업을 계획했다. 그러나 박봉 생활이었던 우리에게 여유로운 사업 자금은 없었다. 퇴직금과 약간의 여유 자금이 전부였다. 남편은 일하면서 주변 사람들로부터 신뢰받는 실력자였다. 남편 사업에 관심 있던 지인 세 명이 나타났다. 남편은 충남 아산에 있는 야산을 깎아 사출 공장을 지었다. 그동안 해왔던 자동차 사출 생산 회사를 창업한 것이다. 중부권 사출 관련 분야에서 남편은 인정받는 사람이다. 자동차 사출뿐만 아니라 다른 품목의 생산 주문도 점점 많아졌다. 사업은 나날이 성장해갔다. 그러나 꿈과 같은 현실은 오래가지 않았다.

　어느 날부터 베란다에서 줄담배를 피우는 남편이 이상하다. 남편과 나는 서로의 일에 간섭하지 않는다. 회사에 어떤 일이 일어나고 있는지 정말 몰랐다. 그때 나는 박사 과정 진학을 위해 입학 원서를 쓰려고 컴퓨터로 작업을 하고 있었다. 소파에 누워 농구 중계를 보던 남편이 뭔가 이상한 행동을 시작한다. 며칠째 식사도 하지 못했다. 궁금해서 이유를 물어보니 남편은 굳은 얼굴로 말한다. 우선 급한 짐들 옮길 자리 찾아보란다. 우리는 당분간 빚쟁이들로부터 피해야 한다고 말한다. 일주일 후 어음이 돌아오는데 도저히 막을 길이 없다고 한다. 잘나가던 회사가 부도난다고 한다. 하늘이 무너지는 느낌이다.

얼마 전 다녀온 공장에선 기계가 잘 돌아가고 있었다. 그런데 부도라니, 이해할 수 없었다. 일해준 거래처가 부도나서 대금을 받을 수 없다고 한다. 말로만 듣던 연쇄 부도이다. 직원들 월급은 몇 달째 밀려 있고 각종 공과금 연체로 곧 전기도 끊긴다고 한다. 이 지경이 되도록 나한테 상의하지 않은 남편이 말한다. 말해서 해결될 문제도 아니고, 둘이 걱정하느니 혼자서 해결해보려고 했단다. 세상에나! 내 귀를 의심했다. 나는 이 사람 부인이 맞나 생각하니 남편이 원망스러웠다. 아니, 원망보다 혼자 힘들었을 남편에게 미안한 마음이 먼저였다.

정신이 번쩍 들었다. 남편과 나는 마주 앉아 부도 이후 계획을 세웠다. 집에서 중요한 짐 몇 개를 지인의 원룸으로 옮겼다. 다음 날 대학교 입학을 위해 기숙사에 있는 아들을 만나러 대전에 갔다. 아들은 카이스트 입학을 앞두고 한 달 먼저 기숙사 생활을 해야 했다. 식당에서 말없이 고기만 굽는 남편을 대신해 아들에게 내가 상황을 설명했다. 아빠가 운영하는 회사가 며칠 후 부도난다. 부도 원인은 연쇄 부도 때문이다. 아빠 잘못이 아니라 어쩔 수 없는 문제다. 아빠는 빚쟁이들이 찾아오기에 당분간 피신해 있어야 한다. 아빠, 엄마가 잘 처리할 테니 너희들은 각자의 자리에서 학교 생활하면 된다고 했다.

그렇게 아들을 학교 기숙사에 데려다주고 집으로 돌아오는 길에 남편에게 말했다. 지금 우리는 위기이다. 어떻게 극복하고 해결하는지 우리 아이들이 지켜보고 있다. 그러니 우리는 이 위기를 잘 극복해야 한다. 그때 내가 가장 두려웠던 건 남편에 대한 불안함이었다. 방송에서 사업 부도를 비관해 자살하는 사건이 종종 보도되기 때문이다. 남편이 나쁜 생각을 할지도 모른다는 생각이 들었다. 남편을 안정시키는 게 최선이라고 생각했다. 아들과 딸에게는 '아빠한테 안부 전화' 자주 하도록 하였다. 그동안 혼자 고생했지만, 이제는 혼자가 아님을 확인시켜주고 싶었다.

나는 위기에 강해지고 있었다. 어떻게 그 상황에서 그러한 담대함으로 대처했는지 모르겠다. 나를 아는 어떤 사람은 말한다. '여성스러워 보이지만 알면 알수록 강단 있는 사람'이라고 한다. '외유내강형'의 사람 같다고 한다.

부도수표가 돌아오는 날 딸을 태우고 우리는 대전 큰시누 집으로 갔다. 남편은 대구 팔공산 호텔로 떠났다. 남편과 내 휴대폰은 정지시켰다. 부도 이후 채권자들로부터 시달리지 않기 위해서다. 그리고 친구와 조카 명의로 개통시킨 휴대폰 한 개씩 나누어 가졌다. 번호는 우리 둘만 아는 것으로 했다. 세상에 남편 말고는 누구도 믿을 수가 없다. 나와 딸은 큰시누 집에 오래 있지 않았다. 남편이 자금 문제에 시달릴 때 그들의 돈까지 빌려 갔다고 한다. 가족들 돈까지 끌어들였다고 내게 원망하는 이야기를 한다. 큰시누 집에 있을 수 없었다. 천안 사는 고향 친구를 불렀다. 기꺼이 우리 보호막이 되어준 고마운 친구다.

사람의 관계는 이런 상황에 드러나는가 보다. 천안 친구의 원룸에서 우리 세 사람은 두 달을 살았다. 남편은 회사 부도를 처리해야 한다. 나는 우리 가족 생계를 책임져야 한다. 아들 학교는 등록금 없는 대학이니 기숙사비와 기본 용돈 정도만 보내주면 된다. 딸이 문제다. 한참 예민한 고등학교 1학년이다. 대학 진로는 미술대학을 준비하고 있다. 딸이 다니는 학교에 등록금과 급식비 면제 신청을 했다. 나의 씩씩함은 남편에게 희망을 주었는가 보다. 그러나 말로 표현은 할 줄 모르는 사람이다.

천안 원룸에서 두 달 살고 청주에 원룸을 구해 거처를 옮겼다. 딸이 학교 다니고 내가 일하기 위해 청주로 와야 했다. 채권자들을 피해 일해야 하는 상황이다. 때마침 직업상담사로 근무했던 직업훈련학교 원장에게서 연락이 왔다. '직업상담사 양성' 직업훈련을 운영해달라고 제안한다. 훈련생 모집부터 모든 과정을 나에게 위임하고 수익금을 반반 나누자는 조건이다. 우리 형편에 기회였고 우리의 처지를 배려한 제안이었다.

낮에는 실업자 과정 5시간 강의하고 야간엔 재직자 과정 3시간을 강의했다. 사람 마음은 변하는가 보다. 원장이 약속을 지키지 않았다. 내 이름 윤은순이라는 이니셜로 '에스평생교육원'을 창업하여 8년간 운영했다. 노동부 직업훈련 사업은 남편이 재기할 때까지 우리 집 수입원이 되었다.

남편의 사업 부도는 내 삶의 큰 위기였다. 되돌리고 싶지 않은 경험이다. 부도나면 이혼하는 부부가 많다던데 우리는 힘을 모았다. 비 온 뒤에 땅이 굳는다고 했던가. 우리는 이혼하지 않았고 남편과의 사이는 오히려 더 가까워졌다.

우리에게 남편의 사업 부도는 밀려오는 파도와 같았다. 우리는 파도 앞에 주저앉지 않았고 더욱 단단해졌다. 파도라는 위기가 기회가 된 것이다. 사랑하는 남편과 아이들이 있었기에 가능했다고 생각한다.

남편과 떠난 리마인드 여행

··

김도영

남편이 제안했다. 여행 가자고. 장소는 크로아티아이다. 아이들도 다 크고 코로나도 지나갔다. 남편은 지금 아니면 언제 갈 수 있겠냐며 조른다. 나는 바로 대답하지 못했다. 혹시 웃으며 갔다가 서로 화내고 돌아올까 걱정이 되어서이다.

그래서 낸 아이디어가, 떠나기 전에 기준을 세우는 것이다. 여행하는 동안 대화를 충분히 한다는 조건이다. 어떤 일 시작하기 전에 의논 먼저 하기로 했다. 그리고 다른 사람 앞에서 화내지 않고 웃으며 말하기로 약속하고 출발했다.

여행사를 통해 알아보았다. 크로아티아와 슬로베니아를 꼭 가고 싶었다. TV에서 '꽃보다 누나'라는 프로그램을 보게 되었다. 화면에서 너무 아름다운 광경을 보고 꼭 한 번은 가고 싶다는 생각을 하게 되었다. 우연히 남편과 나눈 이야기가 이루어지는 순간이다. 크로아티아는 발칸반도에 있는 나라이다. 생각만 해도 들뜬다. 남편이 이렇게 제안할 줄은 몰랐다. 보통 여행은 여성들이 가보고 싶어 한다. 신기하게도 남편이 먼저 제안을 했다. 여행 준비를 시작했다. 얼마 만의 둘만의 여행인가? 예전에 아이들과 함께한 가족여행과는 다른 감정이다. 중년이되어서 처음 남편과 함께하는 여행이다. 이번 기회에 남편과의 여행에서 내가 기대한 것은 남편에 대해 좀 더 아는 것이다.

'여행이란 우리가 사는 장소를 바꿔주는 것이 아니라 우리의 생각과 편견을 바꿔주는 것이다'라는 아나톨의 말이 갑자기 떠오른다. 이번 여행을 통해 우리 부부의 대화가 풍요로워지기를 바란다. 9월 28일 영종도로 간다. 다음 날 아침, 영종도에 숙소를 예약했다. 일찍 도착해서 메이 드림 카페에 가기로 했다. 올해 초에 영종도 갔다가 사람이 많아서 못 가본 카페다. 교회 건물을 리모델링해서 만든 카페다. 주문하기 위해 안으로 들어갔다. 키가 큰 나무 하나를 포토존으로 만들고 의자도 반원형에, 바닥에 물이 흐른다. 주문하고 사진도 찍었다. 야외 테라스에서 차를 마셨다. 명절 전날인데도 사람들로 많다. 저녁을 먹기 위해 운서역 근처 냉삼겹집에서 차돌박이에 소주 한잔 마시면서 여행을 재미있게 하자고 이야기했다. 그런데 그 와중에도 작은 다툼이 있었다. 어이없는 일이다. 방금 사이좋게 지내자고 하고 바로 다툰다. 이것이 부부의 모습인가 보다.

28일 새벽 4시, 기상해서 화장하고 편한 옷 입고 짐을 챙겨서 로비로 갔다. 이미 사람들이 내려와서 기다리고 있었다. 호텔에서 공항까지 데려다준다. 공항에 도착해서 3층으로 향했다. 가이드와 미팅하고 수신기를 받았다. 환전하러 갔다. A 게이트에서 수화물을 부치고 라운지에서 조식을 먹고 카페에서 커피 한잔을 하면서 비행기 탑승을 기다렸다. 9시 30분 크로아티아행 전세기에 탑승한다. 이제야 실감이 난다. 둘만의 여행이 시작되는 기분이 든다. 기내식 2번 먹고 영화 3편을 보니 크로아티아의 수도 자그레브 공항이다. 어떻게 가나 하고 걱정했는데 어렵지 않게 도착했다. 14시간 만에 도착이다. 수화물을 찾아서 가이드 설명 듣고 같이 여행하게 될 분들과 인사를 했다. 쉐라톤 자그레브 호텔에서 1박을 한다. 저녁을 먹고 밖으로 나갔다. 남편이랑 거리를 걸었다. 오랜만이다. 이렇게 둘이 유럽의 밤거리를 거닐다니, 꿈만 같다. 그런데 겁이 난다. 외국이라 소매치기와 사기꾼 천지라고 한다. 멀리 가지 못하고 우산 한 개 사 가지고 숙소로 돌아왔다. 시차 때문인지 잠을 이루지 못했다. 아침 컨디션이 엉망이다. 약을 하나 먹고 정신 차렸다. 자신에게 스스로 파이팅 했다.

'꽃보다 누나' 촬영지로 알려진 '라스토케' 투어다. 작은 플리트비체, 동화 속 마을, 물의 요정 마을이라는 수식어가 붙어 있는 곳이다. 남편은 멋진 풍경만 나오면 나의 사진을 찍어주느라 바쁘다. 나는 눈에 유럽의 색다른 풍경을 담았다. 셔터를 마구 눌렀다. 점심으로 폴라나 레스토랑에서 송어구이에 화이트 와인을 마셨다. 송어구이는 버터와 함께 볶은 감자요리가 곁들여 나오는 담백한 음식이다. 여기에 화이트

와인을 같이 먹으니 기분이 좋아진다.

　가는 여행지마다 새로운 음식, 유럽의 문화를 느낄 수 있었다. 오감을 통한 여행이다. 새로운 곳을 볼 수 있는 눈, 그리고 새로운 음식에 대한 향긋한 냄새와 자극, 여행지의 사람들의 행복한 모습 등. 이런 문화를 느끼려고 떠나온 것 같다. 남편과 손을 잡기도 하고 다른 사람들의 행복한 모습에 덩달아 행복해지기도 했다. 이번 여행은 7박 9일 여정이었다. 가장 신비롭고 기억에 남는 장소는 플리트비체 국립공원이다. 총 3일이 걸린다는 여정이다. 우리는 세 시간만 할애해서 볼 수 있다. 16개의 호수와 크고 작은 92개의 폭포, 그리고 1,276종의 식물이 있고 계절마다 다양한 변화를 보여준다고 한다. 영화 '아바타'의 촬영지라고 한다. 내가 영화 속 장소를 와보았다니 신비롭다.

　사실은 플리트비체를 보고 온 여행이지만 실제 탐방해보니 이번 여행에서 가장 좋았던 건 '두브로브니크'이다. 스르지산 전망대에 케이블카를 타고 올라갔다. 전망대에서 바라보는 아름다웠던 전경과 구시가지가 아직도 눈에 선하다. 붉은색 지붕과 푸른색 아드리아해가 조화를 이루고 있어서 말로는 표현이 어렵다. 한마디로 둘이 보다가 한 사람이 없어져도 모르는 경관이다. 다음에 또 올 수 있을까? 아마 어려울 것이다. 남편의 제안으로 온 여행이다. 오랫동안 두 사람의 기억에 남을 것이다. 남편에게 표현은 하지 못했지만 고마웠다.

사실은 남편에게 여행보다는 차를 구매하는 것이 어떠냐고 물었다. 그런데 차는 다음에 고민해보기로 하고 여행을 떠나자고 한다. 뜻밖이다. 남편에게도 이런 로망이 있는 줄은 몰랐다. 나 같으면 차를 선택했을 텐데, 남편은 둘만의 여행을 택했다. 그동안 내가 알던 남편이 아닌 것 같다. 양파처럼 까도 모른다. 함께 29년 살았는데 아직도 남편을 다 모르는 것 같다.

혹시 다른 부부도 남편이 여행을 제안하면 하라고 권하고 싶다. 첫째, 집과는 다르게 여행에서 느끼는 서로의 감정은 다르다. 생각지 않게 사진도 집중해서 찍어주고 친하게 손을 잡고 걷기도 하면서 일상 밖의 이야기를 나누기도 한다. 남편도 감성이 풍부한 사람인 것을 알게 되었다. 둘째, 여행 가기 전에 둘만의 기준을 세운다. 대화를 충분히 하고 출발했더니 내 중심이 아닌 상대의 중심을 충분히 이해한 여행이었다. 그래서 다툼이 적었다. 셋째, 낯선 곳에 가니 둘만이라 의지가 되어 더욱 친해진다. 다른 부부들의 행복한 모습을 봐도, 여행을 오면 많이 양보하고 서로 생각을 해주게 된다. 그것을 통해서도 배웠다.

이번 여행을 통해서 알아차린 것은, 서로 충분히 대화를 나눌 수 있었다는 생각이 들었다. 출발하기 전에 남편과의 소통이 무엇보다 중요했다. 기준을 세우고 출발하니 다툼도 적었다. 주변의 행복한 사람들에게서 전염이 되어 우리 부부도 행복했다. 가장 소중한 것은 남편의 따듯한 감성을 만나게 된 일이다. 여자들뿐 아니라 남자들도 여행에 대한 로망이 있다.

벼랑 끝에서 스승을 만나다

..

마서희

    나는 내가 왜 태어났는지, 인간이 왜 사는지 궁금했다. 내가 없이 가족만 위해 살려고 태어난 것은 아닐 것이다. 이렇게 사는 것이 너무도 숨이 막혔다. 회사 일 하다 틈만 나면 서점에 달려가서 책을 샀다. 사 오면 다 읽지도 않았다. 앞 몇 페이지를 보고 뒤 몇 페이지를 보면서 책에는 내가 찾는 것이 없다고 생각했다. 그렇게 사다 나른 책이 집 책꽂이 외에 다른 곳까지 채웠다. 어딜 가나 책이 쌓여 있었다. 화장실에도, 화장대 위에도, 그렇게 나는 릴레이 형식으로 책을 사다 날랐다.

    나는 내가 뭘 찾는지도 모른 채 뭔가를 찾았다. 꼭 어딘가에 내가 찾는 비밀이 무엇인가 있을 것만 같았다. 그 당시 나는 거의 물기 없는 스펀지가 빠짝 말라 있듯이 영혼이 비틀어져 있었다. 내가 얼마나 갈증이 나 있었는지 나의 글재주로는 설명할 길이 없다. 그러다 우연히 『꿈꾸는 다락방』이라는 책을 사게 되었다. 성공에 관련된 책이었다. 나는 이 책을 읽고 너무 좋아 이지성 작가가 쓴 모든 책을 샀다. 특히

『여자라면 힐러리처럼』이란 책은 읽으면서 내 속에 불씨를 지폈다. '그래, 이거야' 하면서 나는 이지성 작가가 책에서 하라는 대로 따라 했다. 내가 살고 싶은 집 사진과 공장 사진을 프린트해서 코팅까지 했다. 화장대 거울에 붙여놓고 매일 아침 보았다. 그때의 염원 때문인지 몇 년 후 정말 46평 아파트와 197평 공장을 샀다. 공장 대출이 많긴 했지만 내가 상상했던 것들이 이루어졌다.

집만 사면 더 이상 욕심은 없을 거라고 생각했다. 그토록 원하던 집 장만을 하고도 다시 나는 우울해졌다. 그때부터 나는 인간이 왜 사는지, 매일 반복되는 일상을 살려고 태어났나 하는 의문이 또 생기기 시작했다. 어느 책에서도 확실한 대답을 주지 않았다.

남편 사업 핑계로 무당집을 다니기 시작했다. 보이지 않는 세계에 대한 호기심이 들었다. 무당이 어떻게 미래를 맞히는지 너무도 궁금했다. 특별한 날이 오기만을 기다렸다. 무당이 오늘은 동짓날이니 오라고 하면 기다렸다는 듯이 달려갔다. 지금 생각하면 딱 호구 되기 좋았다. 굿도 몇 번 하게 되었다. 굿을 할 때면 구경하는 것이 그렇게 재밌을 수가 없었다. 한번은 굿을 하는데 무당한테 장군이 씌어서 공수를 주는데 신기하게 멋있어 보였다. 굿이 끝나고 나면 장군이 씌었을 때와는 완전히 다르게 보였다. 모든 게 환상이었다.

나는 내 나이답게 살지 못했다. 내 나이의 여자들이 하는 것을 따라

하다 보면, 엉뚱한 데 호기심이 가득했다. 그런데 일상의 소소한 것들이 나를 즐겁게 해주지 못했다. 나는 회사 일로 바쁜 와중에도 무속인을 따라다녔다. 내가 살아야 하는 의미를 찾고자 몸부림을 쳤다. 동해의 물을 다 마셔도 삶의 의미에 대한 갈증이 해소될 것 같지 않았다.

병원만 가지 않았을 뿐이지 나는 환자였다. 가슴속에서 끝없이 올라오는 알 수 없는 감정들을 혼자서 감당하느라 온통 거기에 정신이 팔려 있었다. 나의 공허함을 달래고자 더욱 남편한테 짜증을 내고 잔소리했다. 마치 내가 지금 겪고 있는 것이 남편 탓인 것처럼 둘러대었다.

2017년 여름, 스승님 칠월칠석 행사에 참여했다. 질문할 용기가 나지 않아서 망설이는데 같은 텐트를 배정받은 분이 질문을 꼭 하라고 용기를 줬다. 덕분에 나는 달달 떨리는 목소리로 너무 부족한 나한테 용기를 달라고 스승님께 질문을 드렸다(하늘은 너를 아끼고 사랑하신다. 너 한 사람 한 사람을 키우기 위해 얼마나 많은 희생이 있었음을 알라). 스승님의 법문을 들으며 나도 울고 스승님도 울컥하셨다. 나는 그 법문을 100번 넘게 들었다.

가끔 초심이 흔들릴 때면 다시 들으며 나를 다잡는다. 그렇게 스승님께서 해주신 말씀이 내 영혼에 보석처럼 박혀서 나를 울렸다. 그리고 삶에서 지친 나를 또 다른 길로 안내해주었다.

나는 그 길로 인성 공부로 들어갔다. 스승님의 공부는 준엄했다. 스승님의 유튜브도 듣고 직접 찾아보면서 법문도 들었다. 그리고 나와 비슷한 주부들을 만나서 동병상련으로 들어주기도, 말하기도 하면서 성장하고 있다. 내 안에 들어 있는 욕구가 다 해소되지는 않았지만 내가 왜 이렇게 갈등하고 고통스러워했는지, 스승님 법문이 한 가지씩 해결해주었다. 사람의 기본 인성이다.

뤼튼 인공지능은 인성을 이렇게 정의한다. '인성은 개인의 성격, 태도, 행동 방식 등을 종합적으로 나타내는 개념이다. 인성은 사람들과의 대인 관계, 업무 수행, 문제 해결 등 다양한 상황에서 중요한 역할을 한다. 좋은 인성을 가진 사람은 타인을 배려하고 존중하며, 책임감이 있고 도덕적인 행동을 취한다. 또한 윤리적인 가치를 중시하며 양심적인 판단을 내린다. 인성은 개인의 성장과 발전에도 큰 영향을 미치며, 사회적으로도 긍정적인 영향을 끼친다. 그러므로 인성은 개인의 성공과 행복을 위해 중요한 요소 중 하나이다.'

그러나 스승님은 조금 다르게 정의한다. 넓게 깊게 공부한 스승님이다. 사람들에게 유튜브로 사람이 왜 사는지, 무엇을 위해 살고 있는지 정확하게 문제를 통해 세상의 참뜻과 만나게 해준다. 나는 스승님의 모든 것을 배우고 싶다. 그러나 늘 공부하는 자세도, 다른 사람 도우려고 하는 마음도 부족하다. 그래서 안타깝지만 매일 작은 법문 듣기를 꾸준하게 하고 스승님의 인성 공부 책으로 사람들이 공부할 수 있게 연구 모임도 하고 있다.

스승님 덕분에 알게 된 인연도 많다. J와 L 선생님 등 다양한 분들과 연구 모임을 하면서 코칭도 공부했다. 인성 부분과 비슷한 부분도 많아서 관심이 생겼다. 해냄에서 공부한 덕택에 알게 되어 해냄 공저도 쓰게 되었다. 세상에 인연 아닌 것이 없다. 스쳐 가는 인연도 있다. 그러나 공부하면서 만난 인연은 특별하다. 비슷한 생각으로 모인 사람들이 많다.

어릴 때는 그냥 살았다. 어른이 되고서 가장 궁금한 것, 즉 내가 누구인지에 관해 평생 풀리지 않는 수수께끼를 스승님 법문으로 조금씩 깨달으며 알아채고 있다. 아니, 영원히 모를 수도 있다. 그러나 오늘도 공부 수행을 통해 괜찮은 내 인생으로 진보하고 있다. 하나씩 알아가고 있다.

걸어도 받지 않는 전화

..

우기숙

우리 엄마 전화번호는 집 전화 043-235-1549, 휴대폰은 016-564-5427이다. 그러나 이제 이 번호로는 아무리 걸어도 엄마는 받을 수 없다. 수화기 너머로 엄마의 목소리를 들을 수도 없다. 15년 전 엄마는 돌아가셨고 그렇게 난 고아가 되었다.

엄마에게 휴대폰 단축번호 1번은 바로 나였다. 엄마에게 나는 믿고 의지하는 딸이었다. 얼마 전 은사님 댁을 방문하게 되었다. 냉장고 문 옆에는 사용하기 좋게 일회용 비닐 팩이 가지런히 정돈되어 걸려 있었다. 난 "사모님, 이렇게 걸어놓는 상자는 어디서 사셨나요?"라며 물었다. 그랬더니 딸이 사다 걸어놓았다고 하셨다. 순간 '그럼 나는 엄마께 이런 것들을 신경 써서 해드린 적이 있었나?' 하는 생각에 갑자기 가슴이 울컥해졌다.

엄마는 나와 가까운 거리에 살고 있었다. 나는 늘 필요할 때는 엄마를 부르며 엄마의 쓸모에는 응답이 늦는 딸이었다. 엄마와 나는 30살 차이로, 엄마는 31살에 나를 낳으셨다. 위로 2명의 오빠는 나와 엄마가 다르다 보니 엄마에게 있어서 나는 첫아기며 선물이었다. 엄마의 첫 결혼은 결혼 6개월 후 군대에 간 남편의 전사 통지서로 인해 짧게 마무리되고 말았다. 그 후 엄마는 직장을 다니셨다. 젊은 나이에 혼자가 된 엄마에게 "평생 혼자 살 수는 없지 않냐?"라는 주변의 권유로 지금의 아버지를 만난 것이다. 그때 아버지에겐 두 명의 자녀인 지금의 오빠들과 할머니가 계셨고, 엄마는 그 후 내 밑으로 여동생, 남동생을 낳으셨다.

　엄마는 선한 영향력을 가진 분이다. 지금도 나의 남편은 늘 '장모님은 천사'라고 말하곤 한다. 아버지는 평상시엔 법 없이도 살 착한 분이라고 동네 사람들은 말한다. 그러나 술만 드시면 180도로 돌변하여 먹던 술상을 뒤엎으셨다. 가족을 힘들게 했다. 그런 아버지를 말없이 받아주시며 인내하셨던 엄마는 어떤 말대꾸도 하지 않고 다 들어주셨다. 자라는 동안 나는 한 번도 엄마가 아버지께 큰소리를 내는 걸 들어본 적이 없다. 내가 결혼해서 살아보니 그것은 결코 쉬운 일이 아니었다. 아버지는 6남매의 맏이셨다. 할아버지께서는 아버지가 15살 무렵 돌아가셨다고 한다. 우리는 고모들, 작은엄마, 작은아버지들과도 함께 살았는데, 그 대가족의 뒷바라지도 할머니와 함께 말없이 다 하신 분이 엄마였다. 내가 초등학교에 들어갈 무렵 아버지를 도와 가게 일도 하셨던 엄마는 늘 잠이 부족했다. 손발이 늘 찼으며 체력에 비해

버겁게 일을 해온 것이다. 그러다 엄마는 50세에 혼자가 되었다. 내가 그 나이에 혼자가 됐다고 생각해보았다. 참으로 막막하다. 그 어려운 상황에도 우리 남매를 먹이고 공부시킨 엄마다.

엄마의 중매로 난 지금의 남편을 만나게 되었다. 그러나 직장을 잘 다니던 남편이 사업을 시작하면서부터 우리 집 형편은 기와집에서 초가집으로 하락하는 삶이 되었다. 우리의 결혼 인생 최대의 위기가 찾아온 것이다. 급기야 내가 세 자녀의 육아와 함께 학원에서 아이들을 가르치며 가정 경제를 책임져야 했다. 그러나 학원을 경영해야 하는 나의 일상은 피곤함과 맞물려 내 얼굴에 웃음기는 사라져버렸다. 그 시기에 엄마는 파킨슨이라는 병에 걸리셨다. 그때 내게 파킨슨으로 인한 엄마의 아픔은 보이지 않았다. 엄마가 내게 요청한 도움의 눈빛, 몸짓들이 그때의 내 상황과 맞물려 내 그릇에 담기엔 매우 부족했다.

내 도움을 받아야 할 시기에 나는 엄마에게 투명 인간처럼 행동했고, 도리어 남편을 중매한 엄마를 원망하며 이중으로 힘들게 했다. 몇 번의 허리 수술을 거쳐 자식들이 돌아가며 모시다 요양원으로 가셨고, 결국 엄마는 어느 날 홀연히 우리 곁을 떠나가셨다. 아낌없이 주는 나무처럼 남김없이 주기만 한 채 흙으로 돌아가셨다. 아플 때 나의 보살핌이 제일 필요했을 엄마를, 난 내 앞의 문제로 제대로 돌봐드리지 못한 것이다. 엄마에게 사랑한다는 다정한 말 한마디도, 따뜻하게 손 한 번 잡아드리지도 못하고, 내 아이만 겨우 챙기기에 바빴던 그때의 내 모습에 눈시울이 붉어진다. 엄마도 나를 애지중지 키웠건만 나 살기에 바쁘다는 핑계로 내리사랑만 한 나였다.

　길을 걷다가도 내 귓가에 누군가의 대화 중 '엄마'라는 소리만 들려도 한 번 더 쳐다보게 되고, 그들 모녀의 모습이 얼마나 부러운지 모른다. 부를 수 있는 엄마가 있다는 것이 큰 축복인 것을 그들은 알까? 찾아오지 않을 것만 같았던 건강의 이상 신호가 나이와 함께 내게도 찾아왔다. 엄마가 다리가 아파서 느릿느릿 걷던 걸음걸이, 그 징후가 나에게도 나타나기 시작한 것이다. 어디를 가게 되면 먼저 걷는 거리부터 계산해 보게 되었다. 건강 하나만은 자신 있던 나였건만 아파보니 그제야 그때 아픈 엄마의 심정이 조금씩 이해가 되었다.

　엄마! 엄마가 사랑으로 키워주신 저의 세 자녀는 어느새 성인이 다 되었네요. 두 딸은 벌써 훌륭한 배필을 만나 가정을 이뤘고, 그들 또한 엄마가 되었어요. 또 막내도 여간 야무진 게 아니에요. 영어, 일어 중등교사 자격증도 있고 지난여름엔 영어, 일어 동시통역을 하는 스텝으로 세계 일주도 무료로 하며 지구를 한 바퀴 돌고 왔답니다. 덕분에 둘째네도 함께 갔고요. 제 밑에 두 동생도 좋은 가정을 이뤄 행복하게 잘 살고 있답니다. 엄마의 유언대로 형제간에 우애 있게 잘 지내고 있고요. 오늘따라 엄마의 다정한 목소리, 부드러운 숨결, 엄마의 그 어떤 작은 손짓, 눈짓 다 그립습니다. 단 하루만이라도 엄마가 살아서 내게로 오신다면, 난 이제 이전의 내가 아닌 엄마의 딸로 24시간 온통 기쁘게만 해드리고 싶답니다. 그땐 왜 그걸 몰랐는지, 혼자 이렇게 글로, 또 걸어도 받지 않는 전화인 것을 알면서도 다이얼 버튼을 누르며 허공에다 대고 수화기 너머 엄마를 불러봅니다.

엄마! 보고 싶은 엄마! 당신의 헌신과 노고로 오늘의 저를 있게 해주셔서 감사합니다. 그때는 몰랐습니다. 제가 먹고, 입고, 쓰는 모든 것이 당신의 삶과 시간을 희생하고 인내하며 내주신 것을요. 엄마가 된다는 건 엄청난 사랑과 희생을 감수해야 한다는 것을 조금씩 알아갑니다. 엄마가 삶으로 보여주신 그 길, 저도 잘 갈 수 있게 하늘에서 기도해주시리라 믿어요. 한 인간으로서 한없는 사랑과 더불어 교양과 품위를 지키면서 사셨던 엄마, 돌아보니 당신의 삶은 한 줄기의 빛이었습니다. 사랑했기에 행복하셨으리라 믿습니다. 모든 부모는 그분 나름의 최선을 다한 것이었음을 나도 자녀를 낳아 키워보니 알 것 같습니다.

이제 내가 엄마 나이가 되어 보니 잘못한 것이 보이고 들립니다. 그때는 그렇게 성숙하지 못해 아쉬움만 남습니다. 그러나 나는 다시 태어나도 또 그럴 것입니다. 내 나이만큼만 세상이 보이기 때문인 것 같습니다. 지금 나이만큼만 깨닫습니다. 청개구리가 엄마의 심정을 결국 못 알아차리고 연못가에 엄마를 묻어준 것처럼, 엄마의 나이가 되어봐야 난 또 엄마를 이해할 것 같습니다. 그래서 늘 부족한 것 아닌가 싶습니다. 내 아이들도 마찬가지일 것입니다. 다른 분들은 좀 일찍 깨달았으면 싶군요. 오늘따라 새벽 기도를 마치며 올려다본 하늘에는 환하게 웃고 계시는 엄마의 얼굴이 달처럼 떠오릅니다. 잘될 거라고, 잘하고 있다고, 괜찮다고 하시는 엄마의 응원에 힘입어 오늘도 한 발 앞으로 내딛습니다. 베풀어 주신 사랑과 용서가 얼마나 컸는지 감사드리며 많이 사랑합니다. 그곳에서 행복하세요. 엄마!

사실은 괜찮은 내 인생

조선시대 남자와 현시대의 여자

..

유보미

"너는 내가 집에 있을 때 매번 집에 없잖아?"라고 말하는 남자 앞에서 나는 순간 멍해졌다. 가만히 있을 수는 없었다. 그래서 시작된 이야기.

'지금이 조선시대도 아니고 어떻게 그런 생각을 할 수가 있어?' 내 속마음은 그렇게 대답하고 있다. 그렇지만 입 밖으로 낼 수는 없었다. 내가 그 말을 하는 순간 돌아올 수 없는 강을 건널 것을 알기에 심호흡을 한번 한 뒤에 대답했다.

"나도 내 생활이 있고 이게 내 패턴이야. 나는 아침에 일어나서 애들 케어하고 내 활동하는 건데 당신 출퇴근 시간에 맞춰서 내가 계속 집에 있을 수는 없어."

보통 때 할 말을 다 하고 사는 사이는 아니기에 모처럼 말대꾸 세게 하는 나에게 남편도 꽤나 당황을 한 모양이다. 한참 숨을 고르고 남편이 대답했다.

"뭐, 그렇긴 하지."

원래 우리 부부는 최대한 큰소리가 나지 않게 참는 스타일이었다. 아직 아이들이 어리기도 했고, 둘 다 연고지가 청주가 아닌 탓에 서로를 의지하며 생활해나가고 있었기 때문이었다.

매번 잘 넘기다가 드디어 참아왔던 것이 터진 날이었다. 누가 잘한 것도, 잘못한 것도 아닌데 이상하게 나는 큰 목소리로 싸우듯이 말해버렸다. 그 후 우리 둘은 약간의 냉전 시간을 가졌다. 서로에게 있어서 '이게 무슨 일이었나?' 싶었을 것이다. '내가 너무했나?'라는 생각도 들었고 다정하게 말할 수도 있었는데 윽박지르듯이, 내 말이 옳다는 듯이 큰소리만 쳤으니 미안하기도 했다.

큰아이가 학교 가기 시작하고 조금씩 시간의 여유가 생기자 배우고 싶었던 일을 하나씩 하고 있었다. 그러다 보니 오전 시간은 거의 바깥활동이 많았다. 운동도 배우고 유치원 동아리 모임도 참석했다. 아이들이 집에 없는 시간에 최대한 나의 시간을 누리자는 게 나의 생활 목표이기도 했고 그게 좋았다. 그러나 교대 근무를 하는 신랑에게 나는 낮에는 매일 집에 없는 아내로 보였나 보다.

한참 시간이 흐른 뒤 우리 둘에게 문제가 있다는 것을 알았다. 바로 소통이 안 된 것이다. 서로에게 힘이 되어주고 싶은 마음만 가득했다는 것을 알게 된 것이다. 생각해보면 사람이 늘 좋은 일만 있고 행복할 수는 없는 것이다. 행복해 보이고 싶어, 좋아 보이고만 싶어서 현실의 문제를 외면한 채 마음은 속앓이하며 싫은 소리 못하고 넘기기만 했다.

작은 부부 싸움을 통해 우리 부부는 서로에 대해 다시 한번 생각할 수 있는 시간을 갖게 되었다. 남편은 우리 부부가 함께할 시간을 원하고 있었다. 그런데 나는 오전 시간에 주로 바깥 활동을 하다 보니 신랑은 나를 만나지 못하는 것을 힘들어했다. 생활 패턴이 안 맞는 우리는 어떻게 하면 최대한 시간을 맞출 수 있을까 고민하기 시작했다. 그래서 우리 부부는 대화를 시작했다. 사소한 이야기도 나누고 스케줄 공유를 했다. "언제 시간 있어?", "점심 같이 먹을까?", "영화 보자" 등등 서로에게 시간을 맞추려고 노력하고 함께 시간을 보내기 시작했다. 시간을 서로 나누다 보니 우리가 그동안 마음에 있는 것을 표현하는 대화가 부족했다는 사실을 깨달았다.

'자는 시간이니까 내가 나가 있어야지', '말하면 뭐 해? 어차피 같이 할 수도 없는데'라고 생각했던 내가 잘못 인식한 것이다. 말 한마디면 천 냥 빚도 갚는다는데 그 말 한마디를 못 해서 내가 힘들어했구나 싶었다. 그동안 나도 나름대로 남편을 배려한다고 말하지 않고 스스로 해결하려고 하는 행동들이 많았다. 그러면서 남편에 대한 미움과 원망이 자리 잡고 있었는데 대화를 시작하니 우리 부부의 문제를 알게 되었다.

대화 이후에 우리 부부가 제일 많이 하는 말은 "우리 같이 하자"이다. 이 단순한 말을 못 하고 살았다니, 참 웃기면서도 안타깝다. 그렇게 대화를 시작하고 얼굴이 편해졌다는 말을 많이 듣는다. 심리적으로도 안정되어 누굴 만나도 편안한 미소가 먼저 나온다. 가정의 평화가 세계 평화가 아닐까 싶은 생각이 들었다. 모든 시작은 대화이다. 나만 알고 있는 내용, 나만 생각하는 감정을 말하지 않으면 상대는 모른다. 이해하려고 노력하고 받아들이기 전에 내 생각을 정리하고 상대방에게 나의 감정을 솔직하게 말하는 것, 이것이 대화의 시작이다. 나의 감정을 상대와 나누고, 상대와의 대화를 통해 문제를 해결하고, 감정을 나누는 소통이야말로 많은 부부들에게 꼭 필요한 일이라고 생각한다.

나도 내 감정이나 생각을 말하는 것에 어려움을 느끼는 편이라 표현하지 않고 상대의 감정을 많이 받아줬는데 힘든 것은 오히려 나 자신이었다. 또 해결되지 않은 불편한 감정이 나를 힘들게 만들었다. 대화는 서로 나누는 것이지, 한 사람만 말하고 한 사람만 듣는 것이 아니다.

대화의 단절로 인해 서로를 이해하지 못하고 보낸 시간을 겪어보니 함께 있는 시간의 소중함도 알게 되었다. 며칠 전에는 "날씨가 추우니 옷 따뜻하게 입고 운동 다녀와"라고 말하는 남편의 말 한마디가 무척이나 고맙게 느껴졌다. 남편이 나를 걱정하고 생각해주는구나 싶었다.

때론 싸우고 말하기 싫고 내 마음을 몰라주는 남편에게 화가 나기도 하고 미워지기도 할 때가 있다. 그럴 때면 마음속으로 생각한다. 상대방은 내가 말하지 않으면 무슨 마음인지, 어떤 생각을 가지고 있는지 절대 모른다. 짧은 말이라도 상대에게 건네면 나머지는 듣는 이가 생각하고 고민해서 답을 내린다. 그러니 먼저 말을 던져보자. 그리고 질문을 해보자고 생각한다.

이런 상황에서 건진, 부부 관계 좋아지는 세 가지 방법을 전해본다. 첫째, 일단 내 상황을 코칭에서 배운 공감 화법으로 전달한다. 너의 문제가 아니라, "나 지금 아이들 데리고 학원 다니느라 바쁘고 조금 힘들거든요"라고 상황을 말해준다. 두 번째는 부부라도 장소를 바꾸고 대화를 시도하는 것이다. 처음에는 조금 불편하다. 시간이 지나면 어렵게라도 대화하고 난 후 훨씬 덜 답답하다. 해결될 확률이 높다. 세 번째는 내가 인식하는 것이 다가 아니라는 점이다. 소통하고 난 후 상대 입장을 정확하게 알 수 있다. 이렇게 세 가지를 실천해본다면 더 좋은 부부 관계로 이어질 수 있다.

서점을 사랑하는 사람들
(시트 북 스토어 읽기 모임)

..

이선희

책을 읽고 싶은지요. 그렇다면 서점을 사랑하세요. 서점을 좋아하는 사람입니다. 다른 사람도 책과 함께하며 책을 읽도록 돕고 싶었습니다. 어느 날 지나가다가 우연히 서점 간판이 눈에 띄었습니다. 송절동에 서점이 생긴 것이 신기하기도 하고, 서점은 제가 좋아하는 공간인지라 반갑게 달려갑니다. 서점 안이 궁금해서 부지런하게 도착했습니다. 송절동 사거리 빵집 건너편에 보인 서점 이름은 시트 북 스토어입니다. 건물에 도착해서 올라가니 2층이네요. 공간이 제법 넓습니다. 책도 예쁘게 가지런히 진열되어 있지요. 이 책 저 책 빼보았습니다. 책 읽을 수 있는 장소도 넓습니다. 환합니다. 책 읽을 수 있는 실제 공간이 생겼네요.

이런 책방이 송절동에 있습니다. 웬만한 곳에는 도서관이 있습니다. 이 동네는 신주거지라 큰 도서관이 없지요. 그래서 서점이 반가웠

사실은 괜찮은 내 인생

습니다. 앞으로 가경동에 있는 영풍문고까지 가지 않아도 됩니다. 영풍문고까지는 집에서 25분 정도 걸립니다. 이제 5분이면 갈 수 있는 가까운 거리에 서점이 생긴 건 동네를 위해 기쁜 일입니다. 서점에 자주 들르다 보니 내 집 책장에 책이 더 늘어납니다. 책이 느는 권수만큼 읽기 능력도 확장되기를 기대해봅니다.

9월이면 이 동네 이사 온 지 만 4년 됩니다. 요즘도 아파트가 계속 건축되고 있습니다. 큰손주 유한이가 다니는 푸르지오 아파트 내에 있는 작은 도서관 '솔숲'이 있습니다. 이곳에서 매주 월요일마다 손주 유한이 책 읽어주고 명작동화 다섯 권 빌려 갑니다. 이렇게 좋은 도서관에 책 읽는 모임이 없다고 합니다. 책 빌려 가며 친해진 솔숲 도서관 관장님에게 부탁했습니다. 주부 독서 모임 만들고 싶다고 말씀드렸더니 관장님이 아파트 소장님께 부탁드려보겠다고 하네요. 책에 대한 인식이 높은 소장님의 도움으로 솔숲 도서관에 초콜릿 독서 모임 시작했지요. 2023년 3월 둘째 주 목요일 출발했습니다. 책은 도서관에서 준비해줍니다. 불편함 없이 독서 토론 모임을 진행할 수 있었지요. 1년 동안 지속한 모임, 2024년에도 또다시 모입니다. 이 모임이 쭈욱 연결되어 주부들이 TV보다 책을 더 사랑하는 엄마들이 되길 간절하게 소망합니다.

도서관에서 주부들과 독서 토론 열심히 하던 중입니다. 송절동에 서점 생겼으니 아이들 데리고 자주 들러보라고 전달했지요. 동네에 젊은 주부들이 많습니다. 가까운 곳에 산업공단이 있습니다. 보통 아이들 하나둘은 있는 주부들입니다. 아이들 교육에도 관심이 많습니다. 젊은 주부들이 책을 가까이하기를 바라는 마음입니다. 독서가 주는 이점은 아주 많습니다. 삶을 지혜롭게 만듭니다. 이름 있는 수많은 멘토를 책에서 만날 수 있습니다. 살면서 해결하기 어려운 문제가 복합적으로 일어납니다. 책 속의 문장에는 경험하지 못한 부분을 해결하도록 돕는 작가들의 경험이 있습니다. 책이 주는 신기한 마법의 깨달음을 알게 하고 싶었습니다.

젊은 주부들이 책은 멀리하고 아이들 학원 보내려는 일에 집중하고 있습니다. 안타까웠습니다. 지난 저의 경험 중에, 애들 학원에 보내면 해결되는 줄 알았던 과거 모습이 떠오르기도 합니다. 주부들의 인식에 도움을 주고 싶었습니다. 제가 저질렀던 많은 오류를 줄일 수 있도록 돕고 싶었습니다. 작은 마을 솔숲 도서관의 독서 모임은 꾸준히 이어가고 있습니다. 자이언트 작가 초빙해서 강의 들었습니다.

주부들에게 직접 도움 되는 내용입니다. 사교육 없이도 잘만 큽니다. 이경숙 작가입니다. 열화와 같은 반응과 인기가 있었습니다. 한 해에 두 번 정도 작가 초대하기로 약속했습니다. 지난달에는 『키즈 자본주의』라는 책을 통해 아이들 경제에 대해서도 함께 나누었습니다. 살면서 가장 중요한 것이 경제 공부입니다. 습관이 인성이라고 생각합니다. 어릴 때부터 돈에 대한 예비 지식이 필요합니다. 초등학교부터 대학교까지 경제 교육 거의 못 받고 살았지요. 책을 통해 경제 교육합니다. 일찍부터 돈 관리 습관을 시작하는 것의 중요성에 대해 나누었습니다. 돈은 버는 일보다 관리가 더 어렵습니다. 작가의 경험에서 비롯된 돈 공부, 아이들 경제 교육 일찍부터 배우고 적용하면 삶이 달라진다는 것 알게 되었습니다. 이렇게 책을 함께 읽고 배우고 나누고 적용하는 삶이 미래의 가치입니다.

　송절동 시트 북 스토어 서점을 알게 된 이후 이곳에서 좋은 사람을 많이 만납니다. 서점 대표님은 서점을 운영한 지 오래된 분입니다. 이곳에 서점을 하게 된 것도 미래의 독서에 대한 밝은 비전 때문이었지요. 송절동 신주거지 시립 도서관은 아직 생기지 않은 곳에서 책과 사람을 연결하고 싶은 마음이었지요. 풍운의 꿈을 안고 시작했지만 아직은 사람들 발걸음이 미미합니다. 사장님과 함께 아이디어 냈습니다. 사람들 기다리지 말고 찾아오게 만들자고. 그래서 시작한 일이 자녀 문제로 고민하는 분들 코칭해주는 일입니다. 주부들의 가려운 곳, 궁금한 일 강의로 알려주기 시작했습니다. 부모 코칭부터 시작해서 내 자녀 디스크 유형 파악하기, 방학에 공부 플래닝 세우기 등 다양한 강의로 주부들을 만났습니다.

　그렇게 해서 만난 주부들과 독서 모임 하나 더 추가했습니다. 대표님이 서점 공간을 내주었습니다. 시트 북 스토어 독서 모임입니다. 책 읽는 주부들과 마음이 맞아서 시작된 모임, 한 달에 한 번 셋째 주 목요일 오전 10시에 진행됩니다. 현재 인원은 많지 않습니다. 더 늘어나기를 기대합니다.

서점을 드나드는 사람들은 책 읽기를 사랑하는 사람들입니다. 같은 책만 읽고 있어도 반가워합니다. 서로 읽은 책 나누기에 부족함이 없습니다. 단지 책 좋아한다는 이유 하나만으로 다양한 소통을 할 수 있습니다. 이곳에 이사 온 지 4년째입니다. 꽤 여러 해 지났지만 사람 사귀지 못했습니다. 그런데 서점에서 만난 인연은 바로 연결됩니다. 책과의 소통으로 금방 친해집니다. 귀한 사람 얻게 됩니다.

이곳에서 만난 주부들과 책도 읽고 글도 씁니다. 공저도 진행합니다. 책이라는 매개체를 통해 만난 귀한 보석들입니다. 보통 일주일에 한두 번은 이곳에서 책도 읽고 사람도 만납니다. 강의도 진행합니다.

인생 별것 없습니다. 함께할 수 있는 책 한 권만 있어도 대화가 풍성해집니다. 우리 인생의 메시지 하나 분명히 있습니다. 서로 살아온 인생이 달라도 책을 좋아하는 마음은 그저 하나입니다. 나는 서점을 사랑합니다. 다른 멘토의 경험 읽을 수 있어 좋습니다. 내가 해결할 수 없는 문제들, 책 속 멘토를 통해 배웁니다.

책에는 넓은 우주가 들어 있습니다. 만나지 못한 사람이지만 푹 빠져들게 하는 사례가 있습니다. 한 줄의 내공 있는 문장 만나기 위해 서로 읽고 느낀 내용을 나눕니다. 책을 사랑하는 사람들은 서점에 자주 들릅니다. 읽은 내용으로 끝내지 않고 글도 쓰고 블로그에도 올립니다. 같은 책을 다른 눈으로 읽고 다양한 의견 청취합니다. 그리고 알아챕니다. 내가 알고 있는 지식, 이론, 스키마는 작은 우주입니다. 광활하고 넓은 세계관으로 향하기 위해, 서점 독서 모임에서 생각을 나눕니다. 오늘도.

4장

평범한 하루,
눈부시게 사는 방법

루틴이 습관이 되다

··

이상임

나에겐 아주 소중한 습관이 하나 있다. 바로 '저녁형'에서 '아침형'으로의 변화다. 새벽 5시 30분에 일어난다. 평일에도 주말에도 똑같이 일어난다. 3년 전까지는 엄두도 내지 못하던 일이었다. 새벽에 일어난다는 것은 상상하지 못했다.

1986년 결혼해서 지금까지 아침을 먹어야 하는 남편의 식습관이 있다. 아침 기상이 언제나 가볍지 않았다. 전날 해놓은 밥과 국으로 아침 식사를 하고, 남편이 출근하면 또 잤다. 이때 자는 잠은 꿀잠이다. 그리고 미루었던 설거지와 청소를 하고 10시까지 출근한다. 느긋한 성격도 있지만 나는 야행성이라 밤을 더 좋아한다. 책을 좋아하기에 주로 밤에 늦게까지 읽는다. 혼자만의 여유 시간을 가질 수 있었기 때문이다.

4년 전, 해마다 진행하는 건강진단을 하였다. 당화혈색소 수치가 높다는 결과가 나왔다. 지금부터 관리해야 하는, 좋지 않은 수치였다. 약도 먹고 음식 조절을 하여 당 수치를 조절해야 한다는 의사의 소견이다. 한 달에 한 번 받아오는 약은 한 보따리였다. 매일 아침 공복 혈당 체크로 스트레스는 극에 달하였다. 1년이 지났지만 약을 먹었기 때문에 수치만 조절이 가능한 것이다. 치료가 아니었다. 식단 관리는 하였지만 먹어도 배가 고프다. 몸은 피곤하고 몸무게는 혈당 조절에 불균형이 일어나 살이 빠진다. 필수로 꼭 해야 하는 운동은 유산소 운동을 트레이너 수준으로 해야 한다.

어떻게 평생을 관리해야 하는가. 걱정이 밀려온다. 힘들어도 해야 한다. 운동을 시작하였다. 학교 운동장에서 저녁마다 걸었다. 그것도 몇 개월 하지 못하였다. 비가 와서, 추워서, 모임이 있어서 이래저래 핑계가 많다. 어느 날부터 아침에 동네 길을 걸어보기로 하였다. 그것도 출근해야 해서 두 달 만에 접었다.

변화의 계기는 책에서 시작되었다. 새벽 기상은 팀 페리스의 『타이탄의 도구들』을 읽고 나서 시작하였다. 도서관에서 빌린 책 중의 한 권이다. 변화를 결심하였다. 성공을 위해서는 매일 본인만의 작은 루틴을 정하여 지키며, 고도의 집중력을 발휘해 많은 시간을 투자하는 것이 중요하단다. 그럼 운동 시간을 언제 만들 수 있을까? 나만의 루틴이라? 구체적인 계획이 필요하다. 지속 가능한 시간을 찾고, 무엇을 할 것인가에 대해 고민하였다. 바로 아침 시간을 활용해보는 것이다.

책에서 말하는 '미라클 모닝'을 따라 하기로 했다.

시험 삼아 30분 일찍 일어났다. 첫날 아침은 나쁘지 않았다. 아니, 상쾌했다. 저녁에 보내는 시간과 확연히 달랐다. 시간을 보너스로 받은 느낌이다. 시간이 아깝고 소중하다는 생각을 처음 해보았다. 일주일 동안 진행하고 나니 자신감이 붙었다. 예전보다 1시간을 일찍 일어나는 새벽 5시 30분 기상은 지금까지 이어가고 있다. 내 삶에 가장 극적인, '아침형 인간'으로의 변화가 일어났다.

'아침형 인간'으로 삶이 좋아지는 세 가지가 있다. 첫째, 하루 에너지를 먼저 자신에게 투자할 수 있다. 미라클 모닝을 시작한 일주일은 아침 명상과 필사를 하였다. 그리고 또 늘어난 시간은 아침 일기를 쓰고 책을 읽는다. 타이탄들은 아침 일기를 쓰는 이유를 두 가지로 말하였다. 하나, 현재 처한 상황을 정확히 파악할 때 도움을 얻기 위해서다. 둘, "망할 놈의 하루를 잘 보낼 수 있도록 원숭이처럼 날뛰는 내 정신을 종이 위에 붙들어놓은 것뿐이다"라고 한다. 매일 아침 30분 동안 쓰고 있다. 줄리아 캐머런은 『아티스트 웨이』에서 '아침 일기는 정신을 닦아주는 와이퍼다'라고 하였다. 일기로 머릿속을 맑게 닦아 낸다. 혼란스러운 생각을 가라앉히기도 하고, 타협도 하고, 용서도 한다. 어느 때는 욕을 쓰거나 불평을 늘어놓기도 한다. 3년 동안 쓰고 있는 '10년 일기장'에는 하루 계획을 정리한다. 아침은 오롯이 나를 위해 투자할 수 있는 시간이다.

둘째, 자신감으로 하루를 시작할 수 있다. 아침에 달콤한 잠자리를 박차고 일어나는 것이 쉬운 일은 아니다. 자신만의 시간을 위해서 새벽에 일어난다는 소신이 있지 않으면 힘들다. 스스로를 믿고 하루를 당당하게 시작할 수 있다. '김밥을 파는 CEO' 김승호 회장은 『생각의 비밀』에서 이런 말을 하였다. '세상은 6시를 두 번 만나는 사람이 지배한다. 하루에는 두 번의 6시가 있다. 아침 6시와 저녁 6시다. 해가 오를 때 일어나지 않는 사람들은 하루가 해 아래 지배에 들어갈 때의 장엄한 기운을 결코 배울 수 없다.' 인류 역사에서 자수성가한 인물들을 보면, 한결같이 부지런한 '아침형 인간'이었다. 부모 덕에 물려받은 권력과 재물을 유지하는 사람들도 마찬가지였다. 또 김승호 회장은 자신은 부지런한데 일이 잘 풀리지 않거나 건강하지 못하다면 아침에 일어나 해를 맞이하라고 자문한다. 태양을 바라보면 건강과 행운을 불러모을 수 있다.

셋째, 넉넉해진 아침 시간은 삶을 풍요롭게 한다. 텔레비전을 보는 대신 방송 강의를 듣게 되고, 스마트폰을 만지는 시간에 펜을 들어 글을 쓰고 책을 읽는다. 시간이 매일 쌓이다 보니 여유로운 삶을 만난다. 모임이 부담스럽고 긴 수다가 지루하게 느껴진다. 나의 삶이 확장되는 느낌이다.

루틴에 자신감이 생기자 운동을 추가하였다. 당뇨는 고민을 넘어 건강과 직결된다. '평생 원수' 같은 친구와 함께 살아야 하는 것이 당뇨

병이다. 그동안 몸을 돌보지 않은 나의 책임이 크다. 건강에 자만했다. 운동과 생활 습관에 소홀하여 몸이 나에게 주는 벌이었다. 의사는 그냥 방치하면 당뇨 합병증으로 인하여 건강이 도미노처럼 무너진다고 한다. 아직은 그 정도가 아니지만 관리가 필요하다고 협박에 가깝게 운동을 강조한다.

'아침형 인간'으로 변화를 꾀한 목적은 운동을 하기 위해서이다. 먼저 계획을 세웠다. 아침 식사 준비 전에 미라클 모닝을 수행한다. 아침 식사와 설거지가 끝나면 남편 출근을 돕는 것은 생략했다. 거실의 대형 TV를 켜고 유튜브에 들어가 '엄마 TV' 운동 채널을 찾는다. 단순한 동작을 연속으로 44분간 진행한다. 주요 동작 20초, 제자리 걷기 10초로 진행한다. 반복되는 동작 없이 80개의 동작을 하게 된다. 처음에는 준비운동부터 뻣뻣한 몸에 통증이 밀려온다. 연속되는 동작은 4킬로미터를 내달리는 효과가 있다. 숨이 턱에 차고 땀이 비 오듯 한다. 해발 4백 미터 산에 오르는 느낌이다.

옛말에 '시작이 반이다'라고 했다. 3년을 넘기고 있다. 나의 몸을 괴롭혔던 당뇨 친구는 못 버티고 떠나갔다. 또 온다고 하면 똑같은 방법으로 돌려보내줄 것이다. 한국인 30대 이상 성인 6명 중 1명이 당뇨를 앓고 있다는 조사 결과가 있다. 또한 당뇨병 전단계 유병률도 성인 10명 중 4명에 해당돼 조기 관리의 필요성이 높은 것으로 나타났다. 문제는 당뇨병과 비만, 고혈압 등의 동반 질환 보유율도 높아지고 있다는 점이다. 운동과 식단 조절만으로도 좋아질 수 있다고 하니 자기에게 맞는 운동을 꾸준히 하는 것이 중요하다. 건강한 몸으로 나이 들어가고 싶은 바람은 누구나 같을 것이다.

　나의 루틴이 리추얼이 되어가고 있다. 의식처럼 아침이면 칫솔질하듯 자연스럽게 눈이 떠진다. 좋은 습관은 나의 삶을 더 풍요롭게 해주고 있다.

새벽, 마법을 부리다

··

김진주

2000년대 중후반, 20대일 때 『아침형 인간』이라는 책이 베스트셀러였다. 성공한 사람들은 아침형 인간이라 했다. 12시를 넘겨 늦게 자놓고선 직장에 가기 전 새벽 수영을 하러 갔다. 일찍 일어나 부지런히 살면 성공하는 줄 알았다. 근무 시간 동안 나의 의지와는 상관없이 눈꺼풀이 내려왔다. 며칠 해보고 나는 올빼미 인간인가 보다 하고 수영은 저녁반으로 바꾸고 다시 원래대로 살았다. 맞춤옷을 입은 듯 편안했다.

2019년이 되었다. 쌍둥이들 세 돌 무렵, '미라클 모닝'이 유행했다. 가정 보육을 하며 24시간 세 명이 붙어 있었기에 나만의 시간을 갖고 싶었다. 이곳저곳에서 좋다 하니 해보고 싶었다. 쌍둥이들은 같은 시간에 자지 않았다. 밤늦게 자는 한 녀석을 재우면 일찍 잔 한 명은 새벽에 깼다. 취침 시간은 들쑥날쑥하고, 수면 시간은 부족했다. 그 와중에 미라클 모닝을 하겠다며 일어나자마자 목표 없는 독서를 했다. 책을 펼쳤는데 무슨 글이 머릿속에 들어올까. 머리는 멍하고, 책 속의 글들은 뇌까지 들어오지 못하고 각막에서 반사되어 나갔다. 피곤하기만 했다. 이게 뭐 하는 짓인가 싶어 또 포기했다. 목적 없는 행위는 동기부여가 되지 않았다.

2021년, 쌍둥이들은 6세부터 기관에 갔다. 코로나로 등원도 들쑥날쑥하니 기관 적응이 쉽지 않았다. 가정 보육의 연장선 같은 시기였다. 나만의 짧은 3시간 동안 독서, 강의 듣기, 영어 회화 등을 하며 이것저것 공부하는 삶을 살았다. 방향성은 없지만, 그래도 예능 프로그램 시청하며 시간을 보내지 않는다고 자위하면서. 목표를 가지고 한 방향으로 나아가는 삶을 살면 TV 시청하며 잠시 쉬어도 괜찮다는 것을 이제는 안다. 핵심은 목표 관리와 시간 관리였다. 이 진실을 42세에 알다니! 돈의 주도권은 가졌으면서 왜 시간 주도권을 가질 생각을 못 했을까.

2022년 여름 어느 날이었다. 남편과 나는 새벽 6시에 집 앞 공원 산책을 했다. 살면서 어떤 감각적인 느낌만으로도 충분히 좋은 상황이 있다. 그 산책 시간이 바로 그렇다. 나란히 걸으며 남편과 대화도 많이 했다. 2019년의 미라클 모닝과 다른 점은 일어나자마자 독서를 한 게 아니라 그냥 나가서 상쾌한 바람을 쐬었다는 거다. 그렇게 해서 내 몸이 6시에 일어나는 데 적응한 후에는 책도 읽게 되었다. 새벽 시간을 더 확보하기 위해 기상을 조금씩 앞으로 당겼다. 처음 6시에 일어나는 게 힘들지, 시간을 앞으로 당기는 건 그보다 더 쉬웠다. 먼지 같은 성공을 여러 번 해야 하는 이유다.

잠자는 시간도 조금씩 빨라졌다. 새벽 기상이 잠을 줄이는 걸 의미하는 건 아니다. 수면 시간은 충분히 확보하면서 나의 하루를 빨리 시작하고 빨리 마무리하는 것이라는 걸 깨달았다. 내 기준으로 수면 시간 6시간 반은 확보했다.

전업주부면서 왜 저럴까, 생각할 수 있겠다. 일찍 하원하는 아이들이어서 나에게는 3시간의 여유가 있었고 변수가 있는 날도 있어서 아무 일도 일어나지 않는 새벽을 고수했다. 엄마가 자야지만 자는 아이들이어서 밤에 책 읽어주다 일찍 자는 것이 아이들에게도, 나에게도 좋았다. 올빼미였던 내가 지금까지 새벽 기상을 잘하고 있고 기상 시간은 4시 30분이다. 지키지 못하는 날도 가끔 있다. 늦게 일어난 날은 '푹 쉬었네!' 생각하고 다음 날부터 다시 하면 된다.

새벽 시간은 누구의 침해도 받지 않고 오롯이 나에게 집중할 수 있는 시간이었다. 나는 나만의 '주인의식 타임'이라 명명하고 새벽에 글을 썼다. 『아티스트 웨이』라는 책을 읽고 모닝 페이지를 썼다. 새벽에 끄적이는 행위는 나를 돌아보고 치유하는 시간이었다. 미니홈피 시절에는 다이어리에, 육아하는 5년 동안에는 맘스 다이어리와 인스타그램에 비공개로 쓴 일기가 2,000편이 넘는다. 끄적이면 마음이 가벼워져 글쓰기에 대한 좋은 감정이 있다. 글을 쓰고 독서를 했다. 책에서 해보라고 하는 명상하기, 긍정 확언 외치기, 감사 일기 쓰기, 성공 일지 기록하기, 운동 등 이것저것 다 해봤다.

어느 날 '나는 무엇 때문에 이렇게 새벽에 일어나서 이런 행위들을 하고 있는가?' 생각했다. 목적과 목표를 설정해야 했다. 목적은 언제나 행복이고, 행복하기 위해서는 나의 재능에 기반한 성취와 기여가 필요하다.

그 목적을 위해 나는 무엇을 해야 하는지 나에게 묻고 실행했다. 블로그를 통해 엄마들이 각자 가정의 재정 관리를 잘할 수 있도록 예산 짜고 가계부 쓰는 것을 돕고 있다. '남을 위해 내가 할 수 있는 일이 뭐가 있을까?' 생각하고 실행하니 나의 잠재력과 강점을 알게 되고, 나의 꿈이 점차 선명해진다. 마법의 돈과 나를 알아가는 '마돈나 북클럽' 독서 모임에서는 느린 독서를 하고 쓰면서 일대일 맞춤형 저널 코칭을 하고 있다.

물 흐르듯 자연스러운 경제인을 꿈꾼다. 재테크를 대학수학능력 시험 치듯 바짝 하고 말 건 아니지 않은가. 그래서 힘을 빼고 꾸준한 경제 공부를 한다. 사람들과 인문학, 심리학 책을 읽고 생각 나누는 게 재미있다. 꿈을 찾아 헤맸던 과거의 나 같은 엄마들이 독서를 통해 '진정한 나'를 찾고, 가정 재정 계획 짜는 것을 도와주고 싶다. 조급해하는 엄마들과 공감하고, 천천히 갈 수 있도록 방향을 잡아주며 함께하고 싶다.

내가 생각하는, 조급해지지 않는 법을 써본다. 첫째, 읽고 쓰며 질문을 통해 나 자신과 대화한다. 인간관계든 육아든 재테크든 나를 객관적으로 보고 자기 이해와 인식을 하는 것이 제일 먼저 해야 할 일이다. 빈틈없이 조밀하게 계획을 짜고 80%만 지켜도 만족해하는 성향의 사람이 있다. 반면에 느슨하게 계획하고 그 안에서 융통성 있게 움직이는 성향의 사람이 있다. 나는 후자의 사람이다. 맞고 틀린 방법은 없으니 자기 자신을 잘 관찰해야 한다. 인간은 변하는 생물체이므로 자기 인식과 이해도 계속 수정해줘야 한다. 그래야 비교하지 않을 수 있다. 남과 비교하지 않고 34세의 나와 54세의 나만 비교한다. SNS를 보면 나만 늦는 건 아닌지 조급해질 때가 있다. 그럴 때면 지금은 에너지를 응축하는 시간이라 생각하고 넓은 시야를 가지려고 한다. 미래로 여행을 떠나 64세가 된 미래의 내가 나에게 묻는다. "다시 44세로 돌아가면 어떻게 살 거야? 그때 후회하지 않게 잘 살았니?"

둘째, 죽음을 생각한다. 『모리와 함께한 화요일』의 모리 교수님과 별이 된 지영이와 몇 번의 수술을 받고도 열심히 사는 남편을 보며 오늘, 지금을 헛되지 않고 열심히 살아 하루하루를 의미 있게 쌓아가는 것이 아름다운 삶인 걸 안다. 그래서 난 조급해하지 않고 오늘 하루에 최선을 다하기로 한다.

셋째, 롤 모델이나 멘토를 찾는다. 2010년에 결혼 준비를 하면서 터키로 신혼여행을 가기 위해 오소희 작가의 『바람이 우리를 데려다주겠지』를 만났다. 그때는 이 책이 내 육아 인생의 길잡이가 되어줄지 몰랐다. 출산하고는 가수 이적을 좋아하는 사심으로 읽게 된 『믿는 만큼 자라는 아이들』, 『다시 아이를 키운다면』을 쓴 박혜란 작가님이 나에게 깊은 울림을 주었다. 박혜란 선생님은 10년의 전업주부 생활을 마치고 사회 밖으로 나오셨다. 그런 모습을 보며 롤 모델로 삼았더니 조급하지 않았다. 자기만의 색깔을 가지고 꾸준히 걸어가시는 이 두 분은 내 마음속에서 영원한 나의 롤 모델이자 멘토가 되었다.

느리긴 하지만 조급해하지 않는 이 성향이 '사실은 괜찮은 내 인생'을 만들어준 나의 '강점'이었다. 우리 아이들에게 가르쳐주고 싶어 시작하게 된 자기 계발이다. 보여주는 게 제일 효과적이고 강력한 방법이라 생각하여 보여주려 시작했다.

목적이 있는 경험에 시간을 알차게 사용하는 태도에서 시간의 중요성을 가르쳐주고 싶다. 다양한 선택을 해보고, 해야 할 일에서 재미를 찾는 법을 알게 해주고 싶다. 남 탓하지 않고 나를 알고 이해하며 내가 스스로 문제를 해결할 수 있다는 마음을 길러주고 싶다. 지루한 매일의 좋은 습관이 꾸준하게 모여 태도가 되고 좋은 결과를 가져온다는 걸 알려주고 싶다. 아이들에게 해주고 싶은 이 말들은 오늘의 나를 설레게 하고 성장하게 하는 말들이다.

공부로 변화 성장한 조칠순

··

조칠순

애터미는 교육으로 사람을 성장시킨다. 이성연 박사님이 인문학을 강의해주셨다. 매주 세미나의 내용은 인문학 강의이다. 강의를 듣고 나면 마인드와 태도가 좋아진다. 사람의 기본은 태도이다. 다른 것은 다 갖추었는데 태도가 좋지 않으면 성공하지 못한다고 말씀하신다. 모든 기본에 태도를 강조하신다.

그중 내가 가장 관심 있는 내용은 일의 의미이다. 내가 하는 사업 애터미는 나에게 천직이다. 처음부터 천직은 아니었다. 제대로 알면서부터다. 의미는 가성비 좋은 제품을 여러 사람에게 알려서 사람들이 저렴한 비용으로 생활비를 줄일 수 있도록 돕는다는 것이다. 이성연 박사님의 다양한 강의를 통해 한 발자국씩 성장하고 있다. 강의를 들으면 며칠은 무엇인가 할 것 같은 마음이다. 일주일에 한 번은 뵈어야 태도와 자세가 흐트러지지 않는다. 애터미가 이렇게 발전하고 있는 이유는 바로 두 분 교육의 힘이다. 애터미 사업은 창조경제라고 한다. 서민에게 일자리를 주고 소득 창출하는 이 일은 애국이다. 나라에 많은 세금도 내고 있다.

동네 친목계에 들어가도 멤버십을 받으려면 조건이 있다. 그 동네에 살아야 한다. 애터미는 조건도 없다. 한꺼번에 돈을 벌려고 하는 사업이 아니고, 파트너와 동반 성장하는 사업이 애터미 사업이다. 매주 들려주시는 이성연 박사님의 강의 인문학을 통해 사업을 하는 것 못지않게 갖추어야 할 기본적인 태도를 듣고 배우고 있다. 애터미는 배움으로 성장시키고 마음과 생각으로 실행해야 하는 회사이다. 박사님이 항상 강조해주시는 몸 공부, 마음공부, 머리 공부이다.

박한길 회장님의 강의 덕분에 많이 성장하고 있다. 감사한 일이다. 특히 박한길 회장님 강의 중에 가장 기억이 남는 강의는 비전에 대한 강의이다. 예를 들면, 애터미 사업가들의 인생 시나리오를 작성할 수 있도록 도와주신다. 사람들이 작성하고 발표하는 모습을 보면 진지하면서 조금씩 변화하는 것을 볼 수 있다. 나처럼 큰 이유 없이 들어온 사람도 있지만 다른 사업 하다가 실패하고 들어온 사람도 있다. 그런 사람들이 교육받기 전에는 갈등을 많이 하고 꿈을 갖지 못하다가 강의를 듣고 미래의 꿈을 그린다. 그리고 인생 시나리오에 한 줄이 더 써지는 것이다. 박한길 회장님은 애터미의 비전을 먼저 보여주신다. 리더로서 직접 경험한 실패담, 그리고 애터미를 시작하시게 된 동기, 애터미 사업자가 스스로 이겨낼 수 있도록 휘둘리지 않고 단단해지는 마음을 지켜주는 공부이다.

특히 회장님의 강의에서 동기부여를 많이 받는다. 회장님은 잘살며, 사랑하고, 배우며, 공헌하는 삶을 강조하신다. 당신이 실패 후에 그렇게 실천하고 살아서 그 경험을 우리에게 알려준다. 애터미의 사훈 '영혼을 소중히 여기며 생각을 경영한다. 믿음에 굳게 서서 겸손히 섬긴다'를 외칠 때마다 사람이 소중해진다는 깊은 뜻을 새기게 된다.

나는 공부를 많이 한 사람이 아니다. 그래서 교육을 좋아한다. 애터미 사업자들 앞에서 강의한다. 언젠가 부족한 말하기 때문에 일어난 일화가 있다. 회사 세미나였다. 내가 스피치 발표해야 하는데 하는 도중 긴장이 되었는지 입이 마르고 말이 나오지 않았다. 나는 입이 떨어지지 않으니 회장님께 "물 좀 주세요" 했다. 사람들이 막 웃었다. 그렇게 실수를 했는데 도리어 그 상황에 다른 사람들이 이렇게 생각을 한다. 저렇게 부족한 사람도 저 자리에 있는데 나도 할 수 있겠다는 믿음을 가지고 시작한 사람이 많았다. 삶이란 이렇게 생각지 않던 일도 일어난다. 그래서 살 만한 인생이다.

그렇게 무대에서 실수해본 나는 자신감 있게 말하기 위해 도전을 시작했다. 일단 스피치 잘할 수 있도록 하는 강의를 알아보던 중 경덕초등학교에서 학부모 강의를 듣게 되었다. 강의가 끝나자 바로 강사를 따라나섰다. "강사님 스피치 배우고 싶은데 어디 가면 배울 수 있는지요." 강사는 잠깐 생각하더니 명함을 주었다. 나는 바로 약속한 날 약속 장소에 도착했다. 청주시 흥덕구 가경동에 있는 영동대학교 평생교육원이었다. 도착해보니 15명 정도 되는 사람들이 수업을 듣고 있었다. 나는 자리에 앉아서 얌전히 듣기만 했다. 그런데 강사가 나와서 인사를 하라고 한다. 떨리는 마음으로 나가니 손에 땀이 난다. 그래도 애터미에서 해본 경험이 있어 어디에 사는 누구라고 간단하게 소개하고 자리에 들어왔다.

그렇게 3개월을 다니게 되었다. 자신감도 붙고 말솜씨도 좋아지고 있다. 매주 사람들 앞에서 워밍업도 하고 여러 가지 연설 기법도 배웠다. 연설은 책을 통해서 배우는 것이 아니다. 실습이다. 이론도 알아야 한다. 그런데 앞에 나가서 말하는 기법이 더욱 중요하다. 3개월 후 과정을 마치니 약간 아쉬웠다. 나의 파트너 사업자들도 듣게 하고 싶었다. 애터미 사업자들은 다른 센터에 가서 홍보하거나 강의할 일이 많다.

나는 이선희 강사를 가경센터로 불렀다. 그리고 사업자들을 모았다. 20명 정도 되었다. 매주 화요일 오후 두 시간씩 연설 강의를 들었다. 사업자들도 호기심과 열정을 가지고 열심히 들었다. 한 시간은 듣고 한 시간 실습한다. 우물쭈물하던 사업자들이 점점 발전하는 모습을 보니 나의 옛 모습이 떠올랐다.

이 과정에서 한 가지 알게 된 것은, 부족하면 배워야 한다는 것이다. 배우면 다 할 수 있다. 처음부터 잘하는 사람은 없다. 누구나 처음에는 초보이다. 새로운 일에 도전하기가 어려운 사람들에게 스피치를 배우라고 권하고 싶다. 이 공부에서 얻은 자신감은 살면서 많은 도움을 주었다. 오늘 이렇게 글 쓸 수 있는 것도 스피치로 맺어진 인연이었다. 지금까지 새로운 교육이 오면 전화로 알려준다. 주위에 이런 사람 때문에 공부하지 않을 수 없다.

환경도 중요하다. 인생에서 누구를 만나느냐가 타이밍이다. 사람을 통해 성장하고 나눌 수 있다. 앞으로도 공부할 기회가 생긴다면 또 배울 것이다. 배우고 익힌 경험으로 다른 사람을 돕는 사람으로 존재한다. 나의 보잘것없는 지식으로 누군가를 도울 수 있다는 생각에 가슴이 뛴다. 그리고 건강이 허락할 때까지 애터미 제품을 알리며 다른 사람의 가성비 있는 생활을 도울 것이다.

내 공간 활용법

..

김신애

두 눈이 떠진다. 아침 5시 30분을 알리는 진동이 울리고 있다. 잠결에 알람을 재빠르게 끈다. 양옆에 아이들을 보니 간밤에 어떤 재미있는 꿈을 꾸었는지 궁금하다. 걷어찬 이불을 다시 되돌려 아이들 목까지 덮어준다. 아이들이 잠든 방문을 닫고 나온다. 전기 포트에 물을 따뜻하게 데운다. 주방에 기대어 서서 잠든 거실을 바라본다. 한가득 물이 담긴 머그컵을 들고 '내 공간'으로 들어간다.

집에 세 평 남짓한 길쭉한 쪽방이 있다. 미닫이문도 있고 창문도 있는 공간이다. 같은 구조인 다른 집들을 둘러보면 창고로 사용하거나, 홈 카페를 차린 집도 있고, 아이들 놀이방으로 꾸민 집도 있다. 나는 그 쪽방을 가족들의 허락 없이 '내 공간'으로 꾸몄다. 오직 나만을 위한 공간. 가로, 세로를 맞추어 책상을 배치해 넣고, 한쪽 벽에는 책장을 놓아 내가 읽는 책들만 꽂아뒀다. 나와 내 물건들만이 가득한 곳이다. 이곳에서 나는 엄마도 아니며 아내도 아니다. 오롯이 '나'로서 앉아 있다. 따뜻한 물이 담긴 머그컵을 조심스럽게 내려놓으며 내 공간에 있음에 나도 모르게 긴장이 풀린다.

새벽에 일어나 내가 하는 일은 독서다. 나를 기다리는 책들이 책상 위에 쌓여 있다. 여러 분야의 책들을 하루에 5장씩 읽는다. 한 권씩 짧게, 그리고 천천히 만난다. 인간관계처럼 책과의 관계도 위아래로 요동친다. 책이랑 사이가 좋을 때도 있고, 이유 없이 미울 때도 있다. 한 글자 한 글자 내 마음에 쏙쏙 박히는 책도 있고, 두 번, 세 번 보아도 둥둥 떠다니며 잡히지 않는 책도 있다.

오늘따라 책을 바라보는 내 눈빛이 유난히 맑고 빛난다. 본격적으로 책을 읽기 시작했을 때가 생각난다. 독서 경험이 거의 없던 나는 책을 '읽는다'라기보다 책을 '구경'했다. 책을 베고 잠들 때도 있었다. 그렇게 책을 밀어내고 싶었을 때에도 5장씩 읽으며 손에서 놓지 않았다. 매일 아침 일찍 일어나 책을 펼쳤다. 무식하게 책을 '구경'만 하던 시간들이 쌓였기 때문에 지금 이렇게 맑은 눈으로 책을 읽는다.

사람은 성장 욕구를 가지고 태어난다. 성장 욕구를 채우지 않으면 나의 운명과 환경에 지배당하고 만다. 나는 성장 욕구가 한없이 부족했다. 흘러가는 시간에 나의 몸과 마음을 맡기며 살아왔다. 때가 되어 입학을 했고, 때가 되어 졸업을 했다. 때가 되어 취업을 하고 결혼도 했다. '나'로 살면서 내가 좋아하는 것이 무엇인지 한 번도 생각해보지 않았다. 그러던 중 30대가 되어서야 나 자신을 찾기 시작했고, 그 수단으로 '책'을 선택했다. 책을 만난 이후 나는 책을 통해서 성장 욕구를 채운다. 좋은 책은 좋은 질문을 던진다. 인생을 변화시킬 수 있는 질문을 만나기 위해 매일 책을 읽는다. 질문을 만나게 되면 질문에 대한 나만의 해답을 찾으려 생각한다. 눈을 감고 생각한다.

지난 1년 내내 '내 공간'에서 지냈다. 태어나 33년 만에 '나'를 처음으로 마주했다. 그 신선함과 쾌락은 남들보다 뒤처진 시간을 보상받으려는 듯 중독을 일으켰다. 내 공간에서 '나'만을 생각하고 꿈꾸며 보냈다. 예고 없이 변해버린 나는 예전과 똑같이 밥도 하고 청소도 하지만, 가족과 함께 시간을 보내면서도 머릿속에는 온통 '나'를 찾아 헤매는 생각을 했다. 몸이 외부에 있더라도 마음은 항상 '내 공간'에 묶여 있었다. 빈 껍데기인 나를 향한 가족들의 서운함이 강을 만들고 바다를 만들 때까지도 나는 알아채지 못했다. 그렇게 1년이 지난 어느 날, 주변 지인들과 고민을 나누고 있었다. 좀 더 화목한 가정을 욕심내던 나를 향해 이기적이라고 하는 지인의 충고는 '당연한 사실'에 집중하게 해주었다.

'나는 결혼을 했구나. 남편의 안식처는 바로 나구나. 토끼 같은 자식들이 나만을 바라보고 있구나. 내 공간에서 일어난 나의 성장과 변화는 나에게만 좋았구나. 외로웠겠다. 서운했겠다. 기다렸겠다.'

책을 읽는 엄마의 모습이 아이들에게 긍정적인 영향을 준 건 사실이었다. 하지만 아이들과 함께할 때는 아이들에게 더 집중해야 했다. 내 성장 욕구를 채우고자 남편의 옆자리를 채우는 것에 소홀했다. 엄마와 아내로서의 역할을, 의식주만 챙기면 되는 것으로만 생각했다.

균형이란 더할 수 있어도 더하지 않는 것이라 한다. 나 자신과 나의 가족들을 동시에 지키는 내 위치를 찾아 균형을 잡아야 했다. 이기적이었던 나는 책임을 지고 이 상황을 바로잡기로 했다. 스스로 변화의 주체가 되기로 다짐하며 '내 공간'에 규칙을 만들었다.

첫째, 가족들이 잠들어 있는 새벽 기상 시간, 그리고 집에 혼자 있을 때에만 '내 공간'에 들어간다. 둘째, 가족과 함께하는 시간에는 눈을 마주하며 대화한다.

일주일의 짧은 노력에도 나에 대한 서운함이 녹은 것이 느껴졌다. 남편은 더 다정해졌고, 아이들도 늘 곁에 있어주는 엄마를 더 좋아해 주었다. 눈을 질끈 감으며 '다행이다, 감사하다' 생각한다.

자기 계발에 매진했던 1년을 되돌아본다. 그리고 현재의 내 모습을 본다. 내가 잘하고 있는 것은 무엇인지, 지금 놓치고 있는 것이 있는지 생각한다. 지난 1년 동안 내가 놓쳤던 것은 내가 가장 사랑하는 가족들이다. 내 멋대로 쪽방을 만들고, 그 안에 들어가서 가족들을 외면했다. 집 밖에서 인정을 받고자 가족을 희생시키는 것이 진정한 성공일까. 내가 바라는 삶의 목표는 '행복'이고, 그 행복에서 절대로 빠질 수 없는 것은 바로 가족이다. 앞으로는 가족들의 지지와 격려를 받는 성장을 해나가고 싶다.

　오늘도 새벽을 알리는 시계 알람을 끈 뒤 '내 공간'에 들어간다. '내 공간'에서 맞이하는 새벽을 통과하면 어떠한 하루도 눈부신 나로 살아간다. 내가 '나'로서 성공해야 할 이유는 나와 가족 모두의 행복을 위해서임을 잊지 않는다.

내 인생의 르네상스

..

윤은순

청주 MBC TV에 출연했다. 사회자가 '직업상담사들의 대모'라고 나를 소개한다. 직업상담사 양성 교육을 하며 배출한 직업상담사들이 지역의 일자리 사업에서 활동한다. 취업 관련 상담을 하지만 정작 자신들의 처우는 불안정한 고용이다. 직업상담사들의 역량 강화와 권익 향상이 필요했다. 건강이 좋지 않아 교육원을 정리하며 이들을 위해 봉사하고 싶었다.

일자리 사업에 근무하는 직업상담사 11명의 발기인이 모여 직업상담사협회 창립을 준비했다. 처음 시작은 학습동아리 단체를 생각했다. 그러나 창립을 준비하는 과정에서 직업상담사들의 욕구가 통했는지 100여 명의 회원이 가입 신청을 하였다. 2018년 3월 18일, CBS 방송국 강당에 관련 인사들을 초대하고 회장으로 취임하였다. 매월 회원 역량 강화교육과 연말 사업보고회 등 협회 사업을 하였다. 그러나 2019년 시작된 '코로나19 팬데믹'은 협회 활동을 멈추게 하였다. 그렇지만 협회 활동은 내게 또 하나의 자신감을 키워준 활동이다. 비영리민간단체 활동은 리더십 개발에 좋은 경험이었다. 현재 '청주지역사회교육협의회'에서 봉사할 수 있는 기반이 만들어진 셈이다.

30대 중반까지 나는 가정 살림과 자녀 양육만 하던 평범한 전업주부였다. 지금은 청주 지역사회의 평생교육과 직업상담 분야에서 활동하는 사람들에게 알려진 사람이다. 한국방송통신대학교 교육학과 P 후배가 말한다. '닮고 싶은 롤 모델 선배'라고. 공주의 산골 마을에서 태어나 이만하면 성공한 인생이 아닌가 생각한다. 지금까지 내게는 몇 번의 '터닝 포인트'가 있었다. 방송통신대학교 공부를 시작했던 것과, 아이들 잘 키워보고자 시작한 상담 공부이다. 그리고 예기치 못한 남편의 사업 부도가 그것이다.

크롬볼츠의 진로 이론 중에 '계획된 이론'이 있다. 우연한 사건이 훗날 커리어에 활용된다는 이론이다. 방송통신대학교 다닐 때 스터디 팀장과 교육과 학회장 활동이 그동안의 내 커리어에 영향을 주었다고 볼 수 있다. 아이들 키우면 닥친 어려움을 상담 공부로 해결해왔던 경험이 훗날 청소년 상담이나 직업상담으로 경력이 연결되었다고 할 수 있다. 나는 타고난 에너지가 많은 사람이다. 성장을 위해 끊임없이 노력한 결과는 쓰면서도 달았다. 지금의 나는 행복한 사람이다. 많은 것을 가지고 있고, 누리고 있다.

'등가교환의 법칙'을 나는 믿는다. 무언가를 얻기 위해서는 그와 동

등한 대가를 치러야 한다. 바쁘게 공부하고 활동했기에 아들과 딸에게 여느 엄마와 같은 자상함은 없었다. 필요했던 엄마의 따뜻함을 주지 못해 미안하다. 늦게 시작한 공부는 '더 열심히' 채우려고 하다 보니 아이들에게 엄마의 빈자리를 주었던 것 같다. 앞만 보고 달려오느라 챙기지 못해 무너진 건강도 아쉬움으로 남는다.

노동부의 직업상담사 양성사업을 할 때이다. '직업상담사'라는 직업을 소개하는 'Good Job, Good Start' 프로그램에 출연했다. 처음 TV 출연인데 생방송이다. 작가가 미리 준 질문에 대한 원고를 써 가서 읽고 나왔다. 부끄러웠다. 내가 방송 출연한다고 남편은 가문의 영광이란다. 놀리듯 말하지만 자랑스러워하는 눈치다. 전문 방송인처럼 잘하지 못했지만 뿌듯함으로 기억되는 첫 TV 출연이었다.

『월간 인물』이라는 시사잡지에 내 이야기가 실린 적도 있다. 청주시 특집 기사 낼 때 '예스평생교육원'을 소개했다. 그 시기에 진로나 직업은 중요한 사회적 이슈였다. 청년실업률은 자주 보도되는 뉴스이기 때문이다. TV 출연과 잡지에 소개한 평생교육원 소개 글은 주변 사람들에게 내 인지도를 높여주었던 것 같다. 내게 찾아온 인기 운이 있었나 보다.

얼마 전 우리 지역 평생교육 분야에서 활동하는 교수님으로부터 연락이 왔다. 그날은 직업상담사협회 회장을 차기 회장에게 넘겨주는 총

회를 마치고 오는 날이었다. 지역사회교육협의회 실무자들이 전원 교체되어 운영이 어렵다고 한다. 내게 도움을 요청한다. 그러나 대학 강의와 '사업정리 컨설팅'으로 바쁜 생활이라 도와주기 힘들다고 하였다. 언젠가 사적인 자리에서 했던 내 이야기를 상기시킨다. 인생 후반기를 봉사하며 살겠다고 했던 나를 설득한다. 지역사회교육협의회는 현대그룹 정주영 회장의 지역사회교육운동으로부터 시작되었다고 한다. 1985년에 창립된 '청주지역사회교육협의회' 가치와 사명감을 외면할 수 없었다. 평생교육 실습 지도를 위해 방문했던 기관이기도 하다. 지역사회를 위해 봉사해야겠다는 마음의 소리가 올라온다. 그래서 결심했다. 나를 인정하고 내 도움이 필요한 단체에 봉사하기로 했다. 내게 의미 있는 하나의 사회 활동이 생겼다.

내 나이 환갑의 나이를 지나왔다. 나는 은퇴하는 친구들이 부러워하는 사회생활로 무척 바쁘다. 요즈음 나는 세 가지 활동을 한다. 한국방송통신대학교 '평생교육 실습지도교수'를 하고, 소상공인진흥공단 '사업정리 컨설턴트'로 일한다. 그리고 청주지역사회교육협의회의 전반적인 운영을 도와주는 실무 책임자 '사무처장'이다. 아침 6시에 일어나 남편 아침 식사 챙겨주고 하루 일정을 체크한다. 평생교육 실습생들 실습일지 첨삭지도와 실습 기관 방문을 한다. 폐업하는 소상공인이 컨설팅 신청하면 내 휴대폰으로 문자가 온다. 폐업신청서를 읽어보고 컨설팅 미팅을 위해 전화 연락을 한다. 거리가 먼 지역은 하루가 걸리기도 한다. 폐업하는 소상공인을 대할 때는 우리의 사업부도 경험이 많은 도움이 된다. 저녁 식사 후에는 컨설팅 보고서를 쓴다. 틈나는 대로 지역사회교육협의회 일도 봐줘야 한다.

하루 일정을 빠듯하게 움직이는 내게 남편이 말한다. "돈 되지 않는 일 하느라 윤은순 참 바쁘다." 사업하는 남편 시각으로 이해되지 않는가 보다. 나는 피식 웃는다. 누가 뭐래도 나는 잘살고 있다고 생각하기 때문이다. 그렇다. 나는 내가 자랑스럽고 기특하다. 지금 나는 '르네상스'로 살아가고 있다. 부족하지만 평범하게, 그러면서도 특별하게 사는 나의 하루는 바쁘다.

사실은 괜찮은 내 인생

코로나 덕분에 발견한 내 재능

..

김도영

코로나라는 전염병 덕분에 일상이 멈추었다. 많은 변화가 생겼다. 아이들은 학교에 가지 못하는 날이 많았다. 남편도 퇴근하고 집으로 오기 바빴다. 예전에는 회식이 많았는데 지금은 집에서 밥 먹는 날이 많다. 아이들도 학교에 가지 못하니 인터넷 강의를 챙겨주어야 했다.

스트레스가 심해졌다. 가족들이 눈 뜨면 밥 먹고 나가야 하는데 집에서 우글거리니 엄마가 할 일만 늘어갔다. 언제 끝날지도 모르는 코로나, 이제 일상이 되어가고 있다. 코로나로 지쳐갈 때쯤 아는 지인이 나갈 수 없으니 집에서 할 수 있는 것을 찾아보았다고 한다.

막냇동생네는 제부가 재택근무를 해야 했다. 동생은 반대로 출근을 하는 상황이었다. 각자의 위치가 바뀐 것이다. 제부가 주부습진이 생겼고, 애들을 돌봤다. 동생은 오히려 자유로웠고, 제부는 아줌마 역할로 바빴다. 수다도 늘었다. 전화하면 투덜거리기 시작했다. 그런 모습이 신기하기도 했고, 남의 일 같지 않았다.

　나도 이렇게 세월을 보내고 있을 수만은 없었다. 혼자만 정체된 것 같은 느낌이 들었다. 무엇인가 배우고 싶었다. 내면의 소리에 귀를 기울이려고 노력했다. 커피에 관해 알고 싶었고, 바리스타 과정을 배웠다. 도리어 사람이 적으니 마스크 착용하고 집중적으로 배울 수 있었다.

　필기 시험과 실기 시험에 합격했다. 바리스타 자격증은 나에게 작은 성취의 기쁨을 맛보게 해주었다. 무엇이라도 배울 수 있고 할 수 있다는 작은 성취는 더 큰 도전을 할 수 있게 했다.

　그 후 식물을 키우는 일에 관심이 생겼다. 남편에게 학원에 다니고 싶다고 말했다. 다른 것은 들어주지 않았지만, 화훼장식기능사 자격증은 본인이 직장에 다닐 때 해보라며 지지해주었다. 남편의 허락을 받은 나는 신나게 배우기 시작했다. 이 과정도 필기 시험과 실기 시험이라는 기준이 있다. 여섯 명 정도 시작했다. 주로 이십 대였다. 위축이 되었다.

　혼자 기죽지 않으려고 연습을 했다. 연습할 때마다 비용이 든다. 비용을 줄이기 위해서라도 한 번에 합격해야 한다. 바로 컨디셔닝을 해놓고 반복적으로 화형 연습을 했다. 다리도 붓고 쥐가 난다. 그만큼 쉽지 않았다. 그럼에도 늦게까지 특강을 듣고 꾸준히 연습했다. 드디어 시험 날이다. 꽃과 부재료를 차에 싣고 시험장에 도착하니 긴장한 사람들이 많았다. 갑자기 교실에 들어서니 머릿속이 백지상태이다. 신기한 일이다. 머릿속은 정리되지 않았는데 손만 기억한다. 못할 줄 알았는데 손이 그저 움직여주는 대로 따라갔다. 합격했다. 그날 나의 기분은 세상을 다 얻은 것 같았다. 남편도 기뻐했다. 내가 그렇게 끝까지 해낼 줄은 몰랐던 것 같다. 나의 잠재력을 알 수 있었던 시간이었다.

코로나 상황이라도 나는 내가 하고 싶은 일을 찾아 매진했다. 어느날 아들과 대화를 했다.

"엄마, 꽃은 잠시 예쁘지만 시들면 버려야 하는데 왜 하세요?"

"엄마는 다른 일에서 얻지 못하는 마음의 위안을 꽃에서 받아."

아들과의 이 대화를 통해 내가 무엇을 해야 할지 알게 되었다. 그래서 다시 하게 된 일이 테라리움이다. 테라리움은 이끼, 돌, 흙, 식물 식재가 가능하다. 물을 주지 않아도 잘 큰다.

아들의 말 속에서 연결된 사고이다. 화훼에서 테라리움으로 확장되어가고 있다. 테라리움이 좋은 점은, 베란다를 적극 활용할 수 있다는 것이다. 꾸미고 싶은 정원이 있다면 집에서 만들어볼 수 있는 작은 행위이다. 거창한 정원이 아니다. 가족이 웃으며 행복을 느낄 수 있는, 매력적이고 작은 공간예술이다.

이 일로 나의 인생 2막을 펼쳐가고 싶다. 내가 좋아하는 일을 통해 잠재력 발견하고 다른 사람을 돕고 싶다. 꽃은 말을 하지 않는다. 그냥 보면서 느끼는 예술이다. 내 안에 이렇게 꽃에 대한 사랑이 있는 줄 몰랐다. 코로나 덕분에 발견된 재능이며 역량이다. 나의 성장은 계속된다. 앞으로도 플랜테리어로 연결할 것이다. 출강해서 내가 배운 것을 주부들에게 알려주고 도움을 줄 수 있다. 작은 행위이지만 이 일을 할 때 행복하다. 내가 좋아하고 사랑하는 일이다. 늦은 나이에 관심과 호기심이 생긴 멋진 일이다.

꽃을 만질 때는 시간이 가는 줄 모른다. 코로나는 나에게 새로운 세상을 보는 눈을 주었다. 첫째, 가족만 알던 나에게 흥미 있는 일을 알게 해주었다. 이 일을 통해 내가 좋아하는 일로 직업을 갖게 되었다. 둘째, 테라리움을 통해 나의 관심 부분을 알게 되었다. 아이를 키우고 살림만 하던 내가 이 일을 통해 강의도 한다. 점차 발전하는 인생이다. 셋째, 나는 이 일을 통해 홀로서기를 할 수 있다고 생각한다. 남편이 벌어다 주는 월급에만 의지하는 것이 아니라 내가 스스로 자립할 수 있도록 경제적으로 독립하고 싶다. 이런 나의 바람이 이루어지기 위해서 오늘도 나는 테라리움을 공부한다. 나와 같이 공간예술 플랜테리어에 관심 있는 분들에게 내 경험을 나누고 싶다.

목표가 생겼다. 어르신들과 함께할 수 있는 식물 식재도 해보고 싶다. 염색하러 미용실에 갔다. 노인 주간보호센터에서 머리 자르러 오신 할머니가 계셨다. 머리가 마음에 드신지 거울을 보며 미용실 직원에게 환하게 웃으셨다. 그 모습을 보고 생각했다. 어르신들과 함께 화분에 꽃이나 식물을 심어보는 것도 좋을 것 같다. 환하게 웃는 모습을 상상하며 나의 오늘을 산다.

감사함을 알 때
그 환경에서 벗어난다

··

마서희

나는 내 앞에 온 환경을 받아들이지 못하고 벗어나려고만 했다. 내가 도대체 이렇게 살아야 하냐고 힘들 때는 대자연에다 소리 지르고 악을 썼다. 그러나 결국은 또 아침이면 출근 준비하고 회사를 간다. 이것이 정말 나한테 딱 맞는 환경이라면 왜 아버지는(대자연) 나에게 고통과 고난스러운 이 환경을 주는 거지? 나는 여기서 무엇을 찾아야 하고 무엇을 깨달아야 하는 거지? 이렇게 물으며 고민했다.

지금 생각하면 어려서 온 신병이 나를 이렇게 힘들게 하는 것이었다. 나는 그런 사실을 누구에게도 말하지 못하고 혼자서 끙끙 앓았다. 그리고 유명하다는 무속인은 다 찾아다녔다. 찾아가서 들을 때는 바로 알아들을 것 같지만 다시 집으로 오면 여전히 질문이 생긴다. 아프다. 왜 이렇게 아플까? 신을 받지 않고 거부한 죄인가? 혼자서 별의별 생각을 했다.

이 글을 작성하는 순간에도 아파서 글을 쓰다 또 쉬고 또 쓰고 있다. 올 초부터 계속 몸이 아팠다. 늘 자기 공부를 하면서 듣게 된 법문에서 다시금 이유를 알려주셨다. 어제 일지를 쓰며 도저히 제가 둔해서 모르겠으니 알려달라고 썼다. 내가 아프지 않았다면? 남편이 힘들게 안 했다면? 내가 과연 이리도 절실히 찾고 노력했을까? 내가 얼마나 고집쟁이인지 알게 해주어서 감사합니다. 아픈 것이 나쁜 것이 아니라 내가 더 노력할 수 있어서 감사합니다. 지금 아프지 않았다면 속병으로 또 언젠가 발복 할 수 있는 부분을 지금 알게 해주어서 감사합니다. 아픈 것이 왜 감사한지 이유를 알게 해주어서 감사합니다. 하늘에서 항상 저를 지켜주시고 관장을 해주고 계심을 알게 해주셔서 감사합니다. 지금 아픈 것이 기회를 받고 있음을 알게 해주어서 감사합니다. 어떤 경우라도 노력하려는 제가 될 수 있도록 해주셔서 감사합니다. 이렇게 기도했다.

며칠 전 큰딸과 통화하며 정법을 하루 1강이라도 들으면 좋을 것 같다고 했다. 내가 이렇게 깨닫고 알게 된 공부를 다른 사람과도 나누고 싶어, 어떻게 하든 연결해주고 있다.

작년에 코칭 공부에 들어갔다. 정법을 같이 공부하는 네 사람이나 듣고 있다. 코칭 내용이 좋았다. 정법 공부에서 깨닫게 된 내용도 고스란히 나온다. 마주치는 부분이 많았다. 함께 공부하는 사람이 여섯 명 정도인데 우리 정법 공부하는 사람이 네 명이나 된다. 아는 사람과 함

사실은 괜찮은 내 인생

께 공부하는 것도 즐겁고 코칭으로 다른 사람의 이야기에 귀 기울이고 질문으로 상대가 충분히 말하도록 호기심 갖고 기다리는 것도 좋았다.

매주 일주일에 한 번 4시간 공부했다. 열정 있는 해냄 이선희 코치가 코칭 리더십 하나씩 지도해준다. 존 휘트모아의 'GROW 성장 질문'이다. 코치가 고객을 만나면 인사하고 지난주에 좋았던 것을 물어본다. 그리고 한국코치협회 윤리규정을 말한다. 코칭에도 윤리가 있다. 다른 것은 몰라도 반드시 비밀을 유지해야 한다는 것이다.

질문은 이렇게 시작한다. 지금부터 고객이 하는 말은 한국코치협회의 윤리규정에 의해 비밀이 유지되니 편하게 마음껏 말해주기를 바랍니다. 코치가 이렇게 말해주면 편해진다. 그리고 어떤 주제로 함께할 것인지 묻고, 함께 묻고 듣기로 들어간다. 다른 사람 이야기를 정성껏 들어준다. 에너지가 올라간다. 내 안에 무엇이 있는지, 어떤 잠재력을 끌어올 수 있는지 나도 코치도 모른다. 그러나 질문을 받고 멈추고 생각하면 무엇을 해야 할지 고민하게 되면서 답의 실마리를 찾는다.

가장 좋은 질문은 '10년 후의 내가 지금의 나에게 한마디 조언을 한다면'. 나는 이 질문을 좋아한다. 10년 후는 아득히 멀다. 그러나 곧 다가온다. 오늘의 내가 어떻게 사느냐가 10년 후의 나의 모습이다. 과거, 현재, 미래는 이렇게 연결되어 있다. 그러나 가장 중요한 것은 현재 지금이다. 오늘 아픈 몸을 이끌고 정법 공부도 하지만 코칭 공부도 시작했다. 미리 공부한 J가 소개했다. 공부해보니 정법의 인성 공부에도 도움이 되고, 다른 사람의 이야기를 깊게 들어주고 질문하는 법을 통해 인간관계 및 삶의 많은 부분에 도움을 받았다고 소개한다. 나도 들어보니 정말 나에게 맞는 공부이다.

공부하는 중 '알아주기' 코너가 있다. 이 부분은 코치가 고객의 답에 존중과 축하, 인정을 해주는 시작점이다. 다른 사람이 말하면 일단 인정하는 것이다. "아! 그렇군요!" 이렇게 말하고 질문하는 것이다. 우리는 살아가면서 상대의 말을 인정하지 않는다. 일단 나의 말을 하기 위해 다른 사람 말은 대충 듣는다. 그냥 지나간다. 소통이 막히는 이유이기도 하다. 알아주고 인정하고 축하해주면 에너지가 올라간다. 그렇게 분위기 깔아주고 질문하니 해결할 수 있는 아이디어를 찾을 수 있다.

코치는 질문으로 상대의 성과를 올릴 수 있다. 피 코치가 질문을 통해 관점을 변화시켜서 해결점을 모색한다. 그렇게 나온 아이디어를 실행한다. 실행하면 당연하게 성과가 난다. 스스로 체크할 수 있게 코치는 끝까지 책임을 진다. 코치가 어떻게 도와줄 수 있는지 묻고 코칭 받기 전과 받은 후의 마음을 묻는다. 이렇게 약 20분 정도 진행한 코칭이지만 내 안에 있는 답답했던 것이 해결되는 것 같다. 즐거워진다. 무엇인가 해결한 것 같은 기분, 실행하고 싶은 욕구가 생긴다. 실천할 수밖에 없게 만든다. 그래서 요즘 컨설턴트들도 코칭을 배운다. 누구나 코치라는 말을 자유자재로 쓴다. 질문의 힘인 것 같다. 질문하면 행동이 멈추어지고 답을 찾게 된다. 그리고 내가 실행할 수 있는 생각을 통해 스스로 책임을 질 수 있게 행동한다. 이것이 코칭의 힘이다.

이렇게 코칭을 배우다 아파서 입원을 했다. 오랫동안 병원에 있었다. 해냄 코치가 전화도 하고 위안의 글도, 책도 보내준다. 빨리 완쾌되어서 다시 코칭 공부 마무리하고 싶다. 한번 등록된 회원은 언제든 다시 수강할 수 있는 구조이다. 건강이 회복된다면 다시 듣고 마무리해서 내가 하는 인성 공부와 코칭을 결합해서 나의 콘텐츠도 만들고 싶다. 사람들을 만나면 이렇게 묻는다. "요즘 어떠세요." 상대의 근황을 묻기에 가장 좋은 질문이다. 질문 한마디로 상대에 대한 궁금증을 풀 수 있다. 사람의 신상 정보가 아닌, 상대가 말하고 싶은 호기심을 자극하고 자신에 대해 말하게 하는 도구가 코칭이다. 질문보다 더 중요한 리더십은 상대의 말을 끝까지 잘 들어주는 것, 경청이다.

건강이 완쾌된 후 해냄의 끈질긴 전화와 관계 맺기 덕분에 다시 코칭 독서 모임에 들어갔다. 함께 코칭에 대한 책을 읽는 초코 독서 모임(초보 코치를 위한 독서 모임)이다. 거기서 책을 다루어준다. 『마스터 코치의 코칭 레시피』다. 이 책은 '코치가 빛나지 말고 고객을 빛나게 해주어라'로 문을 연다. 코치는 고객의 내면을 고객과 함께 탐색하면서 고객이 원하는 게 무엇인지 달성할 수 있도록 돕는 사람이다. 과연 이런 일을 해낼 수 있는지는 그 사람의 의식 수준에 따라 달라질 것이다. 코치의 의식 상태가 꿈꾸는 상태이거나 완전히 잠들어 있는 상태라면 곤란하다. 코치는 의식을 높이기 위해 공부해야 한다. 의식이 깨어 있어야 한다는『마스터 코치의 코칭 레시피』책을 통해 다시 몸을 추슬렀다. 공부 시작이다. 지금까지 내가 나와 마주하기 위해 애쓴 시간 속에서 만난 자연 공부 정법, 그리고 코칭을 만나게 된 일에 감사하다. 사실은 괜찮은 나의 인생이다.

작은 일에 기뻐하고, 타인을 돕고 나누며 살고 싶다. 나의 이 책으로 나처럼 흔들리면서 인생을 살아가는 한 사람이라도 돕고 싶다. 지금 당신 인생도 썩 괜찮으니, 걱정하지 말고 살라고 말하고 싶다.

사실은 괜찮은 내 인생

사라진 내 생일

..

우기숙

2023년, 그해 내 생일은 없었다. 내가 태어난 날은 1960년 음력으로 9월 24일, 양력으로 11월 12일이다. 세 딸을 둔 우리 가족은 생일이 모두 4, 5월로 봄인데 나만 유일하게 가을이다. 그런데 그 유일한 가을의 내 생일을, 올해는 아무도 기억 못 했다. 심지어 나까지도. 뒤늦게 알게 된 건 어느 날 카톡을 보니 '오늘 생일인 친구'에 내 이름이 있는 것이 아닌가? 깜짝 놀라 달력을 보니 아뿔싸! 양력으로는 오늘이지만 음력 내 생일은 이미 지난 후였다. 올해 구정에 가족들이 모두 모였을 때 "그동안 음력으로 했던 엄마, 아빠 생일을 올해부터는 양력으로 할 거야"라고 내가 말했다. 양력이 왠지 세련돼 보여서였다. 마침 음력을 양력으로 환산해주는 앱에 알아보니 나는 11월 12일, 남편은 5월 8일 아닌가? 11월 12일과 5월 8일! 기억하기도 좋고, 남편 생일은 또 어버이날과도 같아 어버이날 겸해서 아이들도 한 번으로 끝낼 수 있으니 좋겠다고 생각했다.

그런데 아이들의 생각은 달랐다. 아빠 생신이 어버이날과 겹치니 두 번의 경비가 지출되어 경조사비가 많이 나간다는 것이다. (나는 한 번으로 대신하자는 것이었는데) 게다가 남편은 5월 8일이 자기 생일 같지 않다는 것이었다.

"그래요? 그러면 당신은 원래대로 음력 3월 20일로 하세요. 나만 그럼 양력으로 11월 12일로 할게요"라고 했더니, 둘째 딸이 반대 의견을 제시했다. "울산 사시는 시아버님 생신이 엄마 생신쯤인데, 엄마가 양력 11월 12일로 먼저 정해놓으면 시아버님 생신이 앞서거니 뒤서거니 하든지, 아니면 겹칠 수도 있어서 곤란해요!"라며 마치 심판관이라도 된 듯 "엄마도 음력 9월 24일로 하세요!" 하며 고집을 부리는 게 아닌가? 난 아무 말도 못 하고 속으로만 '내 생일도 내 맘대로 못 정하다니' 하며 이 현실을 받아들여야 함에 혼자 가슴만 쓸어내렸다.

남편은 집안에 무슨 일이 있을 때마다 언제나 "둘째가 우리 집 재판관이야!"라며 말하곤 한다. 더 토를 달지 않은 이유는, 나이가 들어갈수록 내 의견은 내려놓고 자식들에게 맞춰 사는 것이 삶의 지혜라는 옛말이 생각났기 때문이다. 그러고는 올해 이 사달이 난 것이다. 나는 이 사실을 아무에게도 말하지 않았다. 세 딸 중 둘째, 셋째는 100여 일 동안 세계 투어 중이라서 내 생일을 모를 수도 있겠다는 생각이 들었다.

그러고 나서 며칠이 지난 후, 둘째 딸과 손녀를 여행 보내고 혼자 있

사실은 괜찮은 내 인생

을 둘째 사위를 위해 주중에 약간의 음식을 들고 사위가 사는 아파트를 방문하였다. 이런저런 이야기를 하다가 "아 글쎄 올해 내 생일이 벌써 지났더군! 카톡을 보고 알았네"라며 둘째 사위에게 이야기하며 반응을 살폈다. 그랬더니 큰 덩치에 황소처럼 눈만 껌뻑이며 씩 웃고는 더 이상 아무 대꾸도 없는 게 아닌가? 원래 '기대가 크면 실망도 크다'라는 것을 알기에 딱히 큰 기대를 하고 물은 것은 아니었다. '내 생일 내가 자축하면 되는 거지 뭐' 하며 더는 말하지 않았다.

말을 꼭 필요할 때만 하여 말실수가 거의 없는 사위를 보며 나도 씩 웃어줄 수밖에 없었다. 더 재미있는 것은, 그 주 주말에 둘째 사위는 고향에 내려간다는데 그 이유인즉슨 자기 아버지 생신이라 간다는 것이었다. 형님네 가족과 부모님 모시고 예약된 경주 콘도로 여행을 가서 아버님 생신 파티를 한다는 것이었다. 비록 결과적으로 취소가 되었다지만, 순간 내 머릿속에는 '그래서 피는 물보다 진하다고 하는구나'라는 생각이 스쳐 지나갔다. 결혼할 때 사위는 "아들 없는 집에서 아들 노릇 하겠습니다"라며 나를 감동시켰다.

얼마 후 세계여행을 떠난 두 자녀는 긴 여행 끝에 무사히 돌아왔고, 내 생일에 대한 말은 없었다. 남편에게는 내가 좋아하는 향기의 샤워젤을 생일선물로 부탁하며, 그것을 큰딸 통해 주문해서 사라고 말했다. 그랬더니 큰딸이 전화했다. 그러잖아도 11월 12일에 카톡에 엄마 생신이라고 떴다며 큰사위가 말했다는 것이다. 나는 "큰사위가 그래도 제일 낫네!"라며 얼른 큰사위를 칭찬해주었다. 큰딸은 내게 선물 대신 필요한 것을 사라며 돈을 주었다.

그 후 교회에서 '성탄 축하 어린이 합창단' 행사가 있었다. 그날 진행자로 개그맨 K 씨가 왔고, 게임과 함께 여러 선물을 나눠주었다. 그런데 진행 중에 "오늘 꼭 선물을 받아야겠다고 생각하시는 분은 손을 드세요!"라고 말하는 것이 아닌가? 나는 번쩍 들고는 "올해 제 생일은 없었습니다! 중인이 필요하시다면 여기 제 사위와 손녀가 있으니 물어보세요!"라고 외쳤다. 진행자는 생일이 언제냐고 물었고, "제 생일은 음력 9월 24일, 양력으로는 11월 12일인데 모르고 다 지나갔습니다. 그래서 저는 이 자리에서나마 저 앞에 있는 선물 중 하나를 꼭 생일 선물로 받아야겠습니다!" 하고는 무대 중앙으로 성큼성큼 걸어 나갔다.

그랬더니 사회자는 내가 무섭다는 듯 "여러분! 이분은 안 드리면 안 되겠지요?" 하며 선물을 얼른 건네주었다. 나는 그사이에 마이크를 잡고는 "여러분! 이 기쁜 마음을 담아 뒤풀이로 춤 한 번 추어도 될까요?" 하며 관중들 앞에서 멋지게 춤을 추고 내려왔다. 내 생각에 선물값은 한 것 같다. 사회자는 "여기 이렇게 훌륭한 사회자가 계시는데 왜 저를 부르셨어요?" 하며 좌중을 웃겨주었다. 한 번도 본 적 없는 장모의 춤솜씨에 놀란 사위는 동영상을 찍느라 바빴고, 씩 웃고 있는 사위의 모습이 내게는 마치 아들처럼 보였다. 나는 그날, 교회 노래에 맞추어 막춤을 추었으니 말이다.

사실은 괜찮은 내 인생

옛말에 '수처작주(隨處作主)'라는 말이 있다. '어디서든 주변 사람이 아니라, 주인공으로 살라!'라는 말인데, 이는 내 삶의 신조 중 하나이다. 나는 이 자리에서 잠시 주인공이 되었다. 아주 커다랗게 보였던 선물은 뜯어보니 휴지통이었다. 그러나 이것은 우리 집에 꼭 필요한 물건이었다.

그 후 난 내가 좋아하는 예수님과 단둘이 조촐하지만, 의미 있는 식사를 하며 나의 64번째 생일을 자축하는 독특한 생일 파티를 했다. '예수님 한 잔! 나 한 잔!' 포도주도 마시며 말이다. 그날의 포도주는 술도 못하는 내게 참으로 달콤하게 느껴졌다. 한 번도 나에게 강요하지 않으시고 말없이 나의 모든 이야기를 들어주시며 늘 날 향해 빙그레 웃고 계시는 예수님이 나는 참 좋다.

이렇게 나의 생일은 나만의 추억의 날로, 또 내 인생을 반추해보는 시간으로 끝을 맺었다. 틈틈이 여유를 가지고 무슨 일이든 즐길 줄 알며 사는 내가 참 좋다. 이렇게 품위를 잃지 않고 멋있게 나이 들어가는 나의 삶도 자못 기대된다. 내 생일 내가 축하하면 되는 것이지 가족들이 알아주지 않는다고, 사느라 바쁜 자녀들 힘들게 하는 일은 없었으면 좋겠다. 한 발짝만 뒤로 가 사랑의 시선으로 가족들을 바라보면 모두가 평안하고 화목해지지 않을까 생각한다. 얼마 전, 30년 만에 집 리모델링을 했는데 자녀들이 나에게 생일선물 겸 냉장고를 바꿔주었다.

"애들아! 큰돈 썼네. 너희들 늘 생각하며 고맙게 잘 쓸게!"

몇 년 전 막내가 자기 생일날 "이날은 사실 엄마가 축하받아야 하는 날 같아요"라며 나에게 편지를 써준 적이 있었다. 본인 생일날 말이다. 지나갔지만, 그 순간이 내 인생에서 가장 의미 있는 선물을 받은 날이었다.

사실은 괜찮은 내 인생

지금 할 수 있는 일 바로 하자

··

유보미

"로또 되면 뭐 할 거야?"

일확천금을 꿈꿔본 사람들이라면 한 번쯤은 해보거나 들어봤을 법한 이야기다. 상상만으로도 미소가 나온다. 설렘과 동시에 그동안 하고 싶었는데 못 했던 일들을 떠올리며 하나하나 실행하는 모습을 떠올린다. 그러다가 이내 곧 현실로 돌아온다. 상상은 상상일 뿐이다. 현실은, 싸고 질 좋은 물건을 찾고 포인트 적립하며 '어떻게 하면 돈을 아낄 수 있을까?' 하는 고민에 빠져 있다. 그렇다고 좌절하고 실망하고 있을 시간이 없다. 세상에는 누구에게나 똑같이 주어진 것이 있다. 돈도 아니고 건강도 아니다. 시간이다.

남들과 나의 시간은 같다. 다른 것은, 시간을 쓰는 주인이 다른 것이다. 24시간을 어떤 사람은 잘 사용하고, 또 어떤 이는 모자라듯 쓰기도 하며 흐르는 시간을 속절없이 보내는 이도 있다. 나도 흐르는 시간을 잡지 못하고 끌려다니는 사람 중의 한 사람이었다. 시간이 나를 끌어다 쓰는 일에 내가 적극 동참하고 있었다. 무얼 찾아서 하기보다는 시간 속에 나를 맡겨놓고 흐르는 시간 속에 나를 던져놓는다. 나는 게으른 편이다. 뭐든 나중으로 미뤄놓고 보는 '프로 게으름러'이다. 무슨 일을 하기 전 '쉬는 게 먼저다'라고 생각하며 살았다. 일상에서 오는 피로가 너무 컸던 탓이었다.

피로감에 쉬어야 한다고 생각하던 내가 친구의 추천으로 운동을 시작했다. 모든 일은 체력에서 나온다는 친구의 말에 적극적으로 동의했기 때문이었다. 공부도 체력이고 육아도 체력이다. 그래서 간단한 운동부터 시작했다. 10분 스트레칭이다. 처음에는 '별거 아니겠지?' 하고 만만하게 생각하고 덤벼보았다. 그런데 웬걸, '10분이 이렇게 길었나!' 하며 이마와 등에 땀이 나기 시작했다. 생각보다 나의 체력은 바닥이었고 할 때마다 헉헉 소리와 함께 정신은 번쩍 뜨였다. 어떤 날은 '이렇게 열심히 하면 뭐든지 할 수 있겠는데'라는 생각과 함께 열정과 의욕이 넘칠 때도 있었다. 그럴 때면 스트레칭 시간을 늘리기도 했다.

사람에게 늘 넘치는 에너지가 있는 것은 아니다. 어느 날 아침은 귀찮거나 하기 싫다는 생각이 들 때가 있다. '오늘만 쉴까'라는 마음의 소리가 저 밑에서 올라올 때가 있는데 그럴 때 나는 심호흡을 하면서 생각한다. '작은 행동이지만 하지 않는 것보다는 하는 게 낫지.' 이 생각을 머릿속에 되뇌며 스트레칭을 시작한다. 하고 나면 만족스러운 성취감이 나를 에워싼다. 성공의 기쁨으로 하루를 가볍게 시작할 수 있다.

그리고 또 하나, 나의 마음을 다스리는 방법 중 한 가지이다. '이거 하나만 해놓고 쉬자'이다. 처음이 늘 어려웠던 나는 쉬운 것부터 해결하는 습관을 들이려 노력했다. 아이들이 아침을 먹고 난 후 등원을 하고 오면 식탁에 그릇이며 옷가지가 널브러져 있다. 보기만 해도 한숨이 푹 나오는 상황이 연출된다. 그러면 집 정리를 해야 하는데 아이들을 보내고 나면 쉬고 싶은 마음이 굴뚝같이 솟아오른다. 소파에 철퍼덕 앉아버리고 싶은 마음을 심호흡과 함께 날려 보내고 다시 생각한다.

'식탁에서 그릇만 치우고 쉬는 거야!' 쉬운 행동으로 마음을 움직여 실천으로 옮겼다. 그릇에 손을 대니 정리가 시작되고 내 마음도 가벼워졌다. 작은 일이지만 내가 해놓고 나니 작은 성취감 하나가 생겼다. 문제가 있으면 회피하고 포기하는 마음이 컸는데 생각을 전환하고 해결 방법을 찾아 행동으로 옮기니 나를 괴롭혔던 자책감과 무력감으로부터 벗어날 수 있었다.

나는 앞서 미리 보고 일어나지 않은 일에 대해 걱정하는 습관이 있다. 여기서 벗어날 수 있는 방법은, 문제를 쉽게 생각해보는 것이다. '식탁에 그릇이 있으면 설거지통에 그릇을 넣어놓고 식탁을 깨끗이 닦는다'까지만 하면 된다. 굳이 머릿속에 설거지하는 모습을 그릴 필요는 없단 뜻이다. '그릇에 손을 대면 설거지까지 해야 하나!'라고 나 스스로 생각했기 때문에 식탁에 가는 것이 싫었다.

그렇다면 어떻게 하면 좋을까? 작은 일이지만 고민을 해볼 필요가 있다고 생각했다. 내가 찾은 방법은 지금 할 수 있는 것을 하는 것이다. 앞서 걱정하는 마음을 내려놓고 내가 직접 행동으로 옮길 수 있는 행동 한 가지만 하면 그다음 행동은 내가 알아서 움직여진다.

아직도 내가 해결해야 할 문제들을 만나면 낯설기도 하고 무섭기도 하고 피하고 싶다. 그러나 피해도 다시 해결해야 할 상황이 생긴다. 돌고 돌아 내게 다시 부메랑으로 온다. 지금 해결하지 않으면 다음에 또 같은 고민을 반복해야 한다. 지금 바로 일어나서 해결하는 것이 가장 빠른 해결법이다.

내가 찾은 마지막 방법은 나를 위한 투자이다. 아이들 학원 챙기고 남편 챙기고 살림하다 보면 나를 위한 투자는 저만큼 멀어진다. 이번에는 과감하게 나를 위한 투자를 했다. 돈이 들지 않는 독서 모임부터 시작해서 책도 읽었다. 코칭도 배웠다. 이왕이면 현명한 엄마가 되고 싶다. 질문과 경청으로 아이들을 더 잘 키우고 싶다는 욕구에서 시작되었다. 그리고 경제적으로 자립도 해보고 싶다. 항상 아이들이 걸린다. 운동을 하더라도 두 아이만 두고 가기 어렵다. 나를 위한 공부 대신 아이들 학원 하나 더 보내야 한다고 생각했다. 그러나 이번에는 내가 먼저다. 이런 마음으로 코칭 교육을 받았다.

아이들 잘 키우기 위한 투자이기도 하며, 나 자신이 행복해야 아이들도 행복할 수 있다는 생각으로 시작했다. 그러나 아직도 갈등 중이다. 모든 자기 계발은 돈이 들어간다. 대가를 지불하지 않고 이루어지

사실은 괜찮은 내 인생

는 일은 없다. 사실은 괜찮은 내 인생을 위해 값진 투자를 할 것이다. 그런 나이기를 소망한다.

10월 해냄 글벗 무료 특강
'이야기 콘서트'

..

이선희

　한 사람도 신청하지 않았습니다. 블로그에 글쓰기, 책 쓰기 무료 특강 올렸습니다. 그 누구도 반응이 없습니다. 몇 달 동안 매일 블로그 올립니다. 꾸준히 홍보하고 알렸습니다. 매일 아침 6시면 일어나 블로그 작성합니다. 400개가 넘는 글이 있는 블로그입니다. 그런데 이번 달은 글쓰기 신청서에 한 명도 응답하지 않았습니다. 열심히 홍보했다고 생각했는데 무엇이 문제일까 생각해봅니다.

　차분하게 지난 기억을 더듬었지요. 시작한 지 아직 5개월입니다. 벌써 포기하기는 이릅니다. 그렇다면 1% 다른 방법이 무엇인지 천천히 생각했지요. 자이언트에서 글쓰기 코치 64명 배출했습니다. 그리고 다른 글쓰기 책 쓰기 강사도 넘쳐납니다. 이런 상황에서 고객 늘리고 함께 책 집필할 사람을 제가 운영하는 1인 기업으로 오게 하는 일, 쉽지 않습니다. 다른 책 쓰기와 차별화된 무언가가 있어야 합니다. 무료 특강 누구나 합니다. 비슷한 제목으로 매달 수없이 특강이 올라옵니다. 이 중에서 고객의 눈에 뜨여야 합니다. 보이는 것이 필요합니다. 어떻게 보여주고 만지고 느끼게 할 수 있을까? 운동하다 들었던 출근길 북토크 유튜브 듣다가 건진 이야기가 떠올랐습니다. 성공한 사람들은 결합을 잘한다. 자신이 가지고 있는 능력을 잘 연결하면 자신만의 무기, 능력을 보여줄 수 있는 콘텐츠가 나올 수 있다고 말해줍니다. 귀 열고 들었습니다. 운동할 때 듣는 전문가들 유튜브 강의는 나의 의식 확장에 많은 도움을 줍니다.

내가 결합할 수 있는 상품은 뭐지? 고민, 사색, 그리고 브레인스토밍을 했습니다. 잘하는 것을 동사로 건져보니 말하기, 가르치기, 글쓰기 세 가지가 저의 장점이자 역량입니다. 그렇다면 이것을 어떻게 결합할지, 맛있는 요리를 하기 위해서 시장에 가서 재료를 준비합니다. 야채, 고기, 생선 등 준비하고 요리 시작합니다. 마찬가지로 무료 특강 하기 위해 재료 준비해야 합니다. 가장 먼저 해야 할 일은 기획입니다. 10월은 무엇으로 기획할까? 일단 다른 글쓰기 코치 강의를 들었습니다. 먼저 자이언트에 와서 공부한 선배 작가들이 많습니다. 책도 여러 권 집필했던 경험 있습니다. 앞서 걸어온 작가들에게는 노하우가 있습니다. 아이디어를 배우는 길은 선배들 특강 자주 듣고 함께하는 일입니다.

마침 백란현 작가와 이현주 작가의 '글빛백작' 강의가 있습니다. 10

월 9일 한글날입니다. '글빛백작'이 운영하는 수업에 초대받아서 들어 갔습니다. 두 분 활동 활발합니다. 매일 블로그 홍보 올립니다. 한 사 람이 아니고 두 분이 움직이니 신선합니다. 블로그의 시각적인 효과 그리고 내용, 눈에 띄는 블로그로 소통합니다. 배울 것이 많습니다. 강 의 시작은 이현주 코치입니다. 자신의 이야기를 풀어놓습니다. 인생은 내가 쓰는 책이라고 표현하며 시작합니다. 조곤조곤 자신의 스토리 들 려줍니다.

이현주 작가는 나이 오십에 글 쓰는 작가가 되었답니다. 작가가 되 기 전 엄마, 아내 역할로 본연의 모습을 잃고 살았습니다. 텔레마케터 전화로 보험 영업했습니다. 설명은 잘하는 것 같은데 모집이 되지 않 았다고 말합니다. 가장 무서운 것은 100세까지 무엇을 하며 어떻게 살 아야 할지 암담했다는 것입니다. 라이팅 코치가 되기 전에는 아무것 도 하지 않았습니다.

우연히 2021년에 드라마 보다가 '운명의 또 다른 이름은 타이밍이다' 라는 이 한 줄이 턱 걸렸다고 합니다. 행동으로 옮겨야 하는데 무엇을 해야 할까? 작가의 고민은 시작되었습니다. 2023년 작가는 모든 비밀 번호를 '나는 작가다'로 설정하고 작가가 되기로 결심했습니다. 그리고 자이언트에 입과해서 공저 집필했습니다. 『오늘이 전부인 것처럼』이 책을 필두로 그 뒤로 전자책 그리고 공저 4권을 더 집필했다고 합니다. 이렇게 작가의 이야기가 진행되었습니다.

사실은 괜찮은 내 인생

다음은 백란현 작가의 스토리입니다. 아이 셋을 키우는 김해의 초등학교 선생님입니다. 자이언트에서 가장 적극적으로, 아니 전투적이라고 표현할 정도로 열심히 강의 듣습니다. 자이언트 잠실 교보 출간 기념회에 한 번도 빠지지 않은 작가입니다.

모든 일에 최고의 출석률로 성실성 태도 부각됩니다. 저보다 나이가 적지만 배울 점 많은 작가입니다. 상대가 잘하는 것은 배웁니다.

매번 같지 않게 진행합니다. 기획이 특별합니다. 두 사람의 스토리텔링을 들으며 저도 무엇인가 새로운 아이디어가 필요하다고 생각했습니다. 이 땅에 새로운 것은 없습니다. 모방이 창조입니다. 저는 스토리텔링에 글쓰기를 입히기로 작정했습니다. 일단 블로그에 올렸습니다. 제목은 이야기 콘서트입니다. 작가가 혼자 말하는 무료 특강 아닙니다. 함께 나누고 참여할 수 있는 특강으로 만들고 싶었습니다. 해냄이 먼저 시작합니다. 나의 스토리텔링으로 마음 열기 합니다. 그리고 간단하게 내 인생 스토리 입히는 방법 전달해드립니다. 즉석에서 여섯 분 정도, 1인당 8분에서 10분 정도 자신의 이야기를 합니다. 누구에게나 가슴속에서 꺼내지 못한 이야기 있습니다. 생생하게 말하고 싶은 사건, 자기 경험입니다. 마음속에 넣어두었던 깊은 이야기 꺼내고 풀어서 헤칩니다. 이야기 봉지 열면 다른 사람들의 기억과 추억을 열게 도울 수 있습니다. 이야기 날아다닙니다. 그리고 나눕니다. 다른 사람 머릿속에 떠다녔던 이야기, 숨겨져 있던 이야기는 책으로 집필할 수 있습니다.

"당신의 이야기를 입말로 발표하세요."

그동안 마음속, 가슴속에 숨겨두었던 깊은 이야기나 가벼운 에피소드도 좋습니다. 꺼내고 닦아서 윤기 나게 만들어 나의 인생 책 한 권으로 집필할 수 있습니다. 이야기가 말이 되고 글이 되어 결국에 내 인생 한 권의 책이 됩니다. 누구나 인생 정리하고 기록하면 책 여러 권 나옵니다. 시도하지 않았을 뿐입니다. 시도하기 위해 사전 작업 필요합니다. 어렵게 생각했던 글쓰기 입말로 열게 하고 자신이 말한 것 쓸 수 있도록 이끌어주는 일, 바로 해냄 라이팅 코치가 할 수 있는 전문적인 일입니다.

이렇게 말할 수 있는 이유가 있습니다. 첫째, 저는 스피치를 오랫동안 강의하고 연구했습니다. 스피치 전자책 두 권이 그것을 증명합니다. 일단 말하기 도울 수 있지요. 두 번째는 이미 2012년부터 코칭 KPC 전문가입니다. 말하기와 코칭을 결합하고 라이팅 코치로서 말한 것을 글로 옮길 수 있게 돕습니다. 이렇게 결합을 통해 새롭게 기획한 10월 무료 특강 이야기 콘서트입니다.

강사 혼자 말하는 특강이 아닌, 누구나 참여할 수 있는 강의를 시작합니다. 아직 해보지 않았습니다. 10월 16일 오전에 시도합니다. 도전입니다. 해보지 않은 작은 경험 시작해봅니다. 혹여 실패할 수도 있습니다. 경험 부자가 되고 싶습니다. 이번에 실패한다면 다음에 또 다른 방법으로 수정하면 됩니다. 성공하기 위해 행동하고 적용하는 일이

사실은 괜찮은 내 인생

우선입니다. 오늘 이렇게 글로 적어보니 더 확신이 생깁니다. 글이 주는 힘입니다. 자기 경험을 입말로 생생하게 말해보고 그 말한 것을 이야기로 옮겨보고 싶지 않으세요. 내 인생 책 한 권을 입말로 꺼내어 말하고, 말한 것을 쓸 수 있도록 돕고 싶습니다. 해냄 라이팅 코치가 도와드립니다.

마치는 글

이상임 •

  '상처 입은 조개만이 진주를 품는다'라고 한다. 어렵고 힘든 삶은 아무도 원하지 않지만, 그 고생스러운 삶을 통해 배운다는 교훈이다. 복덕방 스승님이 고전 인문학을 전해줌으로써 나의 삶은 방향을 잃지 않았다. 공부는 어려움을 버틸 수 있는 힘이었다. 조개껍질 표면에 있는 둥근 원은 조개의 '성장통'이라고 한다. 하루, 일주일, 한 달, 일 년, 무수한 날들이 모여 지금의 내 모습으로 성장하였다. 배움을 통하여 거만하지 않고 나눔을 실천할 수 있는 역량에 감사한다.

김진주 •

  몇 년간 혼자 글을 썼다. 글을 쓰며 내 인생을 되돌아보게 되었고 겸허해졌다. 대단하지 않은 하루가 지나고 또 별것 아닌 하루라 해도 나의 노력과 열정이 깃든, 빛나는 인생이었음을 깨달았다. 불안과 두

사실은 괜찮은 내 인생

려움도 흐른다는 걸 알았다. 10년 전의 내가 지금의 내가 아니듯, 10년 후의 내가 지금의 내가 아닐 거라는 걸 안다. 진정한 용기란 두려움이 없다고 말하는 것이 아니라, 겁을 먹으면서도 여전히 앞으로 나아가는 것임을 알기에 나의 꽤 괜찮은 인생 이야기를 세상에 꺼내는 용기를 가져본다.

조칠순 •

살면서 가장 잘한 일 손꼽으라고 하면 당연히 선영이를 포기하지 않고 버티고 견디며 넘어선 일이다. 15년이란 세월, 길고 지루한 자신과의 싸움이었다. 함께 기다려주고 지원해준 남편 덕에 좋은 결실(선영이 탄생)을 이룰 수 있었다. 그리고 또 한 가지, 나의 일이다. 다시 태어나도 나는 애터미 사업을 할 것이다. 골프 한번 치기 위해 시작한 일이지만 생각보다 더 많은 부와 명예를 가질 수 있었다. 회원으로 시작해서 세일즈 마스터, 다이아몬드 마스터, 샤론로즈 마스터, 스타 마스터, 로열 마스터, 현재 크라운 마스터로 승급했다. 오랜 시간 걸쳐서 생긴 반복과 지속의 노력 덕분이다. 항상 겸손한 마음으로 주변 모두에게 감사하며 사명감 가지고 선한 영향력을 주는 사람으로 살아가려 노력 중이다.

김신애 •

글쓰기에 도전했다. 10년 전의 나라면 감히 이런 도전을 상상이나 했을까? 작가를 꿈꾸기보다 나를 되돌아보고 싶어서 시작한 공저였다. 나를 되돌아보는 시간은 내 삶의 터닝 포인트가 되었고, 글로 옮기는 순간 '사실은 괜찮은 내 인생'이었다. 누구나 기억하기 싫은 시간들, 되돌리고 싶은 순간들이 있다. 피하고만 싶은 내 인생의 한 부분을 정면으로 마주했을 때 삶의 새로운 출발점이 생긴다고 믿는다.

윤은순 •

삶의 절반을 살아온 이 시점에서 나는 생각한다. 긴 터널을 빠져나온 삶을 살아간다. 터널 입구의 삶이란 힘든 것인지도 모르고 살았다. 그 시절의 장녀들이 그랬듯이 나도 가난한 집 장녀로 태어나 맏딸의 역할에 충실했다. 장남인 남편과 결혼하면서 맏며느리 역할로 이어졌다. 나는 맏며느리 역할에도 최선을 다했다. 앞이 보이지 않는 어두운 터널 안에서 용기를 냈다. 다행스럽게도 그 긴 터널을 지나왔기에 나는 더 단단해졌다. 잡초 같은 내 인생이다. 지금의 나는 행복하다. 내 마음이 움직이는 대로 사는 삶이다. 이제는 주변에 의해 흔들리지 않는다. 나는 내가 참 기특하다.

사실은 괜찮은 내 인생

김도영 •

앞만 보고 달려왔다. 뒤를 돌아볼 생각을 왜 하지 못했을까? 잠시 멈추고 나의 모습을 들여다본다. 지금 이 시간이 마지막인것처럼 살았는지 모른다. 나는 늘 불안과 두려움을 끌어안은 채 살았다. 이제 조금은 알 것 같다. 이 순간이 가장 소중하고 행복하다. 오늘도 배우고 노력하며 가장 나답게 살아가려 한다. 매일 일기를 쓰고 있고, 책을 읽고, 주어진 일에 최선을 다해서 살아가고 싶다.

마서희 •

어려서 받은 상처로 한참을 힘들어했다. 자신에게 묻고 물었다. 내가 누구인지, 왜 이렇게 살고 있는지! 그러다 우연히 정법 대자연의 이치 공부를 통해 새롭게 전환된 인생이다. 나와 마주하기 위해 여러 곳을 전전하다 만난 공부가 정법이다. 위대한 스승께 질문으로 이유를 물었다. 유튜브로 올려진 스승의 법문을 거의 모두 들었다. 해마다 스승님 뵙기 위해 직접 부산까지도 이동한다. 아픈 몸을 추스르며 공부하고 책을 읽는다. 살아내기 위해, 오늘도 사랑하는 가족과 아이들과 함께 정법 강의를 듣는다. 다른 사람들에게도 강력하게 추천한다. 인성 공부를 통해 일상의 비난과 비평을 줄이고 있다. 감사함을 모르던 내가 감사함을 배우고 있다.

우기숙 •

책만 열심히 읽던 사람이었다. 우연한 기회를 맞이해서 글쓰기를 만났다. 회복과 치유를 경험하게 해준, 놀라움 그 자체였다. 정직하게 나 자신과 마주 설 수 있는 용기를 주었다. 첫 작품의 소재가 되어준 가족과 이웃에게 고마움을 느낀다. 평범했던 나날들이 사실은 괜찮은 내 인생임을 알도록 도움을 준 추천인 이선희 코치님, 함께한 공저 작가들과 이 기쁨을 나누고 싶다. 내 인생의 전환점이 되어준 글쓰기를 통해, 부족하지만 독자가 작가로 바뀌는 순간을 맞이한다. 나의 경험을 짧은 글에 녹여내었다. 나처럼 인생의 위기를 맞는 사람들을 위해 부족한 글을 집필했다. 단 한 사람에게라도 도움을 줄 수 있기를 기대한다.

유보미 •

글을 쓰는 것은 글 쓰는 능력이 있고 잘하는 사람만 하는 일이라고 생각했다. '내 이야기가 책이 될 수 있을까?', '내가 할 수 있을까?' 고민이 많았다. 글을 쓰면서는 '이렇게 쓰면 안 되는데'라며 혼자 고민에 빠질 때도 많았다. 그러나 같이 쓰는 공저 이야기였기에 도움도 받고 도움도 주며 나의 이야기가 완성되어갔다. 마지막을 향해 달릴 때쯤에는 새로운 나의 페이지를 써 내려갈 수 있어 좋았다. 망설일 때도 많았지만 도전할 때마다 성장하고 발전해 있는 모습은 이 책 제목처럼 '괜찮은 내 인생'으로 변모하고 있다. 글쓰기는 나를 일으켜 세우는 원동력이다. 누군가에게 추천하는 한 가지가 있다면 '무조건 읽고 쓰는 글쓰기'라고 말하고 싶다.

이선희 •

두 개의 독서 모임을 진행하고 있다. 해냄이 하는 일은 작은 나비의 날갯짓이다. 몇 명이 모여 책 읽고 나눈다고 세상이 금방 달라지는 않는다. 그러나 읽고 쓰면서 자신을 정리하고 나아가는 길은 중요한 일이다. TV보다 책을 가까이하는 주부들, 의식의 확장을 통해 변화와 성장을 꿈꾸는 사람을 돕는 일이다. 내 아이가 사는 세상 조금은 따뜻하고 온기가 있는 환경으로 채우고 싶어 읽고 쓰는 삶 살고 있다. 2023년에 시작한 독서 모임 두 개, 올해도 꾸준히 지속해나간다. 깨우치고 돕는 일, 의식의 확장이다. 읽고 쓰는 일을 돕는 글쓰기 코치로서 공저를 진행하는 이유는, 이 일이야말로 애벌레가 나비가 되도록 돕는 일이기 때문이다.